新天理図書館善本叢書 2

日本書紀

乾元本 一

八木書店

日本書紀 乾元本（国宝）巻姿

例言

一、本叢書は、天理大学附属天理図書館が所蔵する古典籍から善本を選んで編成し、高精細カラー版影印によって刊行するものである。
一、本叢書の第一期は、国史・古記録篇として、全六巻に編成する。
一、本巻には、『日本書紀 乾元本』巻第一・神代上を収めた。
一、各頁の柱に書名・巻次・内容等を略記し、料紙の紙数を各紙右端の下欄に表示した。
一、裏書は巻末に一括して収め、本文該当箇所上欄および裏書図版右傍に、裏書番号と相互の該当頁を示した。
一、原本の解題は遠藤慶太氏（皇學館大学准教授）が執筆、訓点解説は是澤範三氏（京都精華大学准教授）が執筆し、第三巻（日本書紀 乾元本 二）の末尾に収載する。

平成二十七年四月

天理大学附属天理図書館

目次

日本書紀

乾元本

巻第一　神代上

藤原朝臣御筆
日本書紀
上

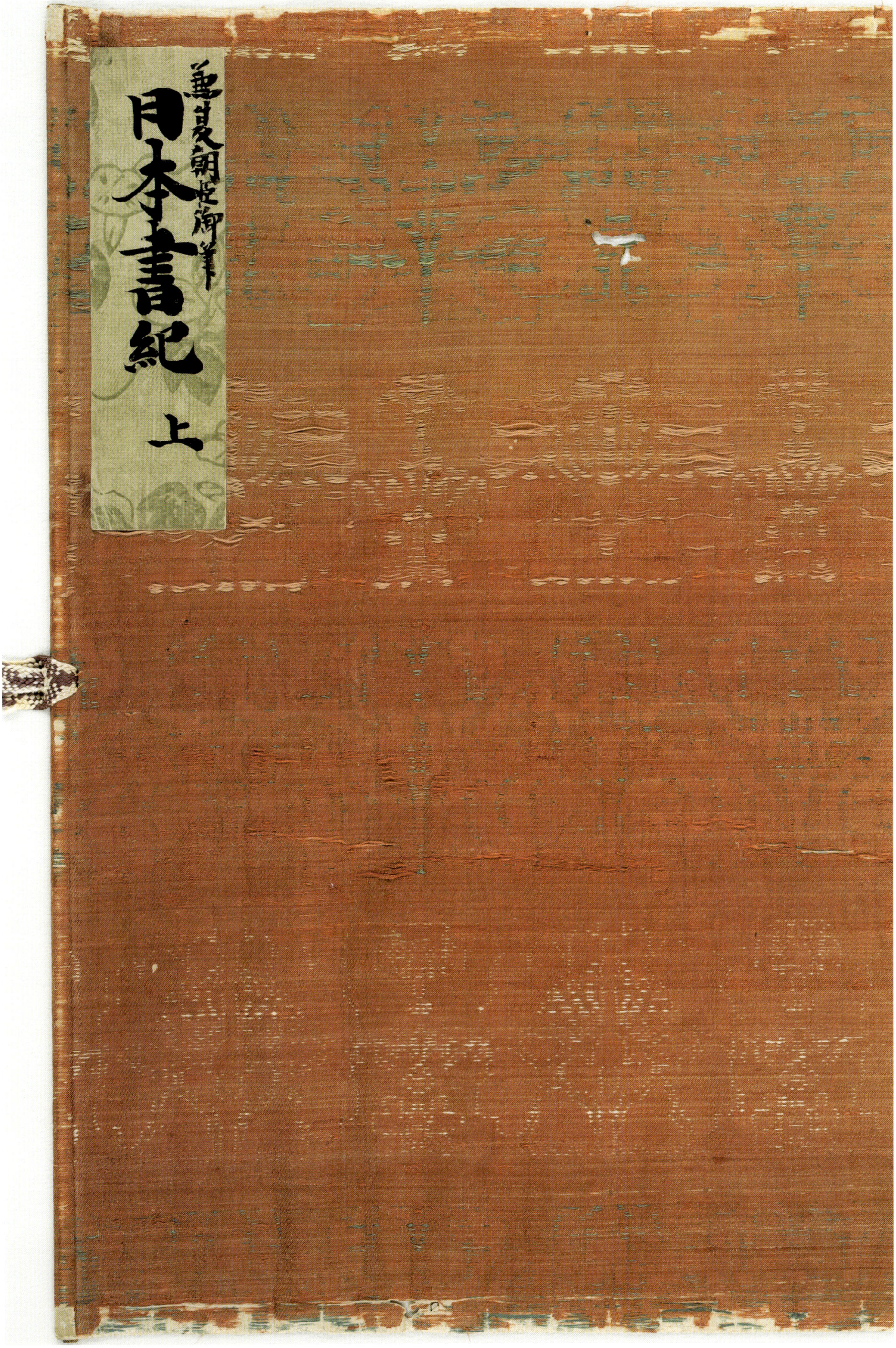

日本書紀巻第一

神代上

古天地未剖陰陽不分渾沌如鶏子溟涬而含牙及其清陽者薄靡而為天重濁者淹滞而為地精妙之合摶易重濁之凝堨難故天先成而地後

故加祁　一部之内皆放此

化為　此云奈留　下皆放此

易重濁之凝竭難故天先成而地後
定然後神聖生其中焉故曰開闢之
初洲壌浮漂譬猶游魚之浮水上也
于時天地之中生一物状如葦牙便
化為神號國常立尊至貴曰尊自餘曰命並訓美擧
等也下皆效此次國狹槌尊次豊斟渟尊凡
三神矣乾道獨化所以成此純男

三神矣乾道獨化所以成此純男

一書曰天地初判一物在於虚中状貌難言其中自有化生之神號國常立尊亦曰國底立尊次國狭槌尊亦曰國狭立尊次豊國主尊亦曰豊組野尊亦曰豊香節野尊亦曰浮經野豊買尊亦曰豊國野尊

師説用青
讀下皆同之
或又用代訓

亦曰浮經野豐買尊亦曰豐國尊
亦曰豐齧野尊亦曰葉木國野尊
亦曰見野尊
一書曰古國稚地稚之時譬猶浮
膏而漂蕩于時國中生物狀如葦
牙之抽出也因此有化生之神號
可美葦牙彦舅尊次國常立尊

可美葦牙彦舅尊次國常立尊
次國狹槌尊葉木國此云播舉矩
尒可美此云于麻時
一書曰天地混成之時始有神人
焉號可美葦牙彦舅尊次國底立
尊彦舅此云比古旎
一書曰天地初判始有倶生之神

一書曰天地初判始有倶生之神
號國常立尊次國狭槌尊又曰高
天原所生神名曰天御中主尊次
高皇産霊尊次神皇産霊尊皇産霊
此云美武須毗
一書曰天地未生之時譬猶海上
浮雲無所根係其中生一物如葦

浮雲無所根係其中生一物如葦
牙之初生埿中也便化為人號國
常立尊

一書曰天地初判有物若葦牙生
於空中因此化神号天常立尊次
可美葦牙彦舅尊又有物若浮膏
在於空中因此化神号國常立尊

煑　上煑濆上聲　下煑志謗

根　上根上声　下根去声

生於空中因此化神號國常立尊

次有神埿土煑尊埿土此云于毗尼沙土

煑尊沙土此云須毗尼亦曰埿土根尊沙土根尊次有神

大戸之道尊一云大戸之邊大苫邊尊亦曰大戸

摩彦尊大戸摩姫尊亦曰大富道尊大富邊尊次有神面足

尊惶根尊亦曰吾屋惶根尊亦曰忌橿城尊亦曰青橿城根尊亦曰吾屋

橿城尊次有神伊弉諾尊伊弉冉尊

檀城尊次有神伊奘諾尊伊奘冉
尊
一書曰此二神青檀城根尊之子
也
一書曰國常立尊生天鏡尊〻〻
尊生天萬尊天萬尊生沫蕩尊沫
蕩尊生伊奘諾尊沫蕩此云阿和

蕩尊生伊奘諾尊沫蕩此云
那伎

神代七代

凡八神矣乾坤之道相參而化所以
成此男女自國常立尊迄伊奘諾尊
伊奘冉尊是謂神世七代者也
一書曰男女耦生之神先有埿土煮
尊沙土煮尊次有角樴尊活樴尊次

樴 之力切
橛 居月切 其月切

尊沙煑尊次有角樴尊次活樴尊次
有面足尊惶根尊次有伊弉諾尊
伊弉冉尊樴橛也
伊弉諾尊伊弉冉尊立於天浮橋之
上共計曰底下豈無國歟廼以天之
瓊瓊玉也此云努矛指下而探之是獲滄溟
其矛鋒滴瀝之潮凝成一嶋名之曰

師説瀉讀乎麻
自此下諸瀉
并洲字前同

其矛鋒滴瀝之潮凝成一嶋名之曰

磤馭慮嶋二神於是降居彼嶋因欲

共為夫婦産生洲國便以磤馭慮嶋為

國中之柱（柱此云美簸旨邏）而陽神左旋陰

神右旋分巡國柱同會一面時陰

先唱曰憙哉遇可美少男焉（少男此云烏等孤）

陽神不悦曰吾是男子理當先唱

陽神不悅曰吾是男子理當先唱
如何婦人反先言乎事既不祥宜以
改旋於是二神却更相遇是行也陽
神先唱曰憙哉遇可美少女焉少女此云
烏等因問陰神曰汝身有何成耶對
咩曰吾身有一雌元之處陽神曰吾身
亦有雄元之處思欲以吾身元處合

亦有雄元之處思欲以吾身元處合
汝身之元處於是陰陽始遘合爲夫
婦及至産時先以淡路洲爲胞意所
不快故名之曰淡路洲廼生大日本
日本此云耶麻騰下皆效此也豐秋津洲次生伊豫
二名洲次生筑紫洲次雙生隱岐洲
與佐度洲世人或有雙生者象此也

與佐度洲世人或有雙生者象此也
次生越洲次生大洲次生吉備子洲
由是始起大八洲國之號焉即對馬
嶋壹岐嶋及處處小嶋皆是潮沫凝
成者矣亦曰水沫凝而成也
一書曰天神謂伊奘諾尊伊奘冉
尊曰有豊葦原千五百秋瑞穗之

私記曰讀津嶋之嶋者非也

畫

粵曰有豐葦原千五百秋瑞穗之
地宜汝往脩之廼賜天瓊戈於是
二神立於天上浮橋投戈求地因
畫滄海而引擧之即戈鋒垂落之
潮結而爲嶋名曰磤馭慮嶋二神
降居彼嶋化作八尋之殿又化竪
天柱陽神問陰神曰汝身有何成耶對

天柱陽神問曰汝身有何成耶對
曰吾身具成而有稱陰元者一處
陽神曰吾身亦具成而有稱陽元
者一處思欲吾身陽元合汝身之
陰元云尓即將巡天柱約束曰妹
自左巡吾當右巡既而分巡相遇
陰神乃先唱曰妍哉可愛少男歟

可愛　工古語云古稱言事加

陰神乃先唱曰妍哉可愛少男歟
陽神後和之曰妍哉可愛少女歟
遂為夫婦先生蛭兒便載葦船而
流之次生淡洲此亦不以充兒數
故還復上詣於天具奏其状時天
神以太占而卜合之乃教曰婦人
之辭其已先揚乎宜更還去乃卜

之辭其已先揚乎宜更還去乃卜
定時日而降之故二神改復巡柱
陽神自左陰神自右既遇之時陽
神先唱曰妍哉可愛少女歟陰神
後和之曰妍哉可愛少男歟然後
同宮共住而生児號大日本豊秋
津洲次淡路洲次伊豫二名洲次

津洲次淡路洲次伊豫二名洲次
筑紫洲次億岐三子洲次佐度洲
次越洲次吉備子洲由此謂之大
八洲國矣瑞此云弥圖妍哉此云
阿那而恵夜可愛此云哀太占此
云布刀磨爾
一書曰伊奘諾尊伊奘冊尊二神

一書曰伊奘諾尊伊奘冉尊二神
立于天霧之中曰吾欲得國乃以
天瓊矛指垂而探之得磤馭慮嶋
則拔矛而喜之曰善乎國之在矣

一書曰伊奘諾伊奘冉二神坐于
高天原曰當有國耶乃以天瓊矛
畫成磤馭慮嶋

高天原　字本
天原　證本

畫成磤馭慮嶋

一書曰伊奘諾伊奘冉二神相謂
曰有物若浮膏其中蓋有國乎乃
以天瓊矛探成一嶋名曰磤馭慮
嶋

一書曰陰神先唱曰美哉善少男
時以陰神先言故為不祥更復改

時以陰神先言故爲不祥更復改
巡則陽神先唱曰義哉善少女遂
將合交而不知其術時有鶺鴒飛
來搖其首尾二神見而學之即得
交道

一書曰二神合爲夫婦先以淡路
洲淡洲爲胞生大日本豊秋津洲

洲淡洲爲胞生大日本豊秋津洲
次伊豫洲次筑紫洲次雙（フタコニウム）生億岐
洲與佐度洲次越洲次大洲次子
洲
一書曰先生淡路洲次大日本豊
秋津洲次伊豫二名洲次億岐洲
次佐度洲次筑紫洲次壹岐洲次

次佐度洲次筑紫洲次壹岐洲次
對馬洲
一書曰以磤馭慮嶋爲胚生淡路洲
次本豊秋津洲次伊豫二名洲次筑
紫洲次吉備子洲次雙生億岐洲
與佐度洲次越洲
一書曰以淡路洲爲胚生大日本

一書曰次淡路洲爲胞生大日本
豊秋津洲次淡洲次伊豫二名洲
次億岐三子洲次佐度洲次筑紫
洲次吉備子洲次大洲
一書曰陰神先唱曰姸哉可愛少
男乎便握陽神之手遂爲夫婦生
淡路洲次蛭兒

大日孁貴

孁女字

次生海次生川次生山次生木祖句

句廼馳次生草祖草野姫亦名野槌

既而伊奘諾尊伊奘冉尊共議曰吾

已生大八洲國及山川草木何不生

天下之主者歟於是共生日神號大

日孁貴大日孁貴此云於保比屢咩能武智孁音力丁反一書云天照大神

日孁貴大日孁貴此云於保比屢咩能武智孁音力丁反一書云天照大神
一書云天照大日孁尊此子光華明彩照徹於
六合之内故二神喜曰吾息雖多未
有若此靈異之兒不宜久留此國自
當早送于天而授以天上之事是時
天地相去未遠故以天柱挙於天上
也次生月神一書云月弓尊月夜見尊月讀尊其光

也次生月神夜見尊月讀尊其光
彩亞日可以亂日而治故亦送之天
次生蛭兒雖已三歲脚猶不立故載
之天磐櫲樟船而順風放棄次生素
戔嗚尊一書曰神素戔烏尊速素戔烏尊此神有勇
悍以安忍且常以哭泣爲行故令國
內人民多以夭折復使青山變枯故

内人民多以夭折復使青山變枯故

其父母二神勅素戔嗚尊汝甚无道

不可以君臨宇宙固當遠適之於根

黄泉也

國矣遂逐之

二釋或説者凡有十説明生日月及進雄尊此有二説明生三子二明命子

一書曰伊奘諾尊曰吾欲生御寓

之珎子乃以左手持白銅鏡則有

化出之神是謂大日孁尊右手持

化出之神是謂大日孁尊右手持
白銅鏡則有化出之神是謂月弓
尊又廻首顧眄之間則有化神是
謂素戔嗚尊即大日孁尊及月弓
尊並是質性明麗故使照臨天地
素戔嗚尊是性好残害故令下治
根國祢此云于圖顧眄之間此云

根國珍此云于圖顧眄之間此云
美屢摩沙可梨尓
一書曰日月既生次生蛭兒此兒
年滿三歲脚尚不立初伊奘諾伊
奘冉尊巡柱之時陰神先發言既
違陰陽之理所以今生蛭兒次生
素戔嗚尊此神性悪常好哭恚國

素戔嗚尊此神性悪常好哭恚國
民多死青山爲枯故其父母勅曰
假使汝治此國必多所殘傷故汝
可以馭極遠之根國次生鳥磐櫲
樟船輙以此船載蛭兒順流放棄
次生火神軻遇突智時伊奘冉尊
爲軻遇突智所焦而終矣其且終

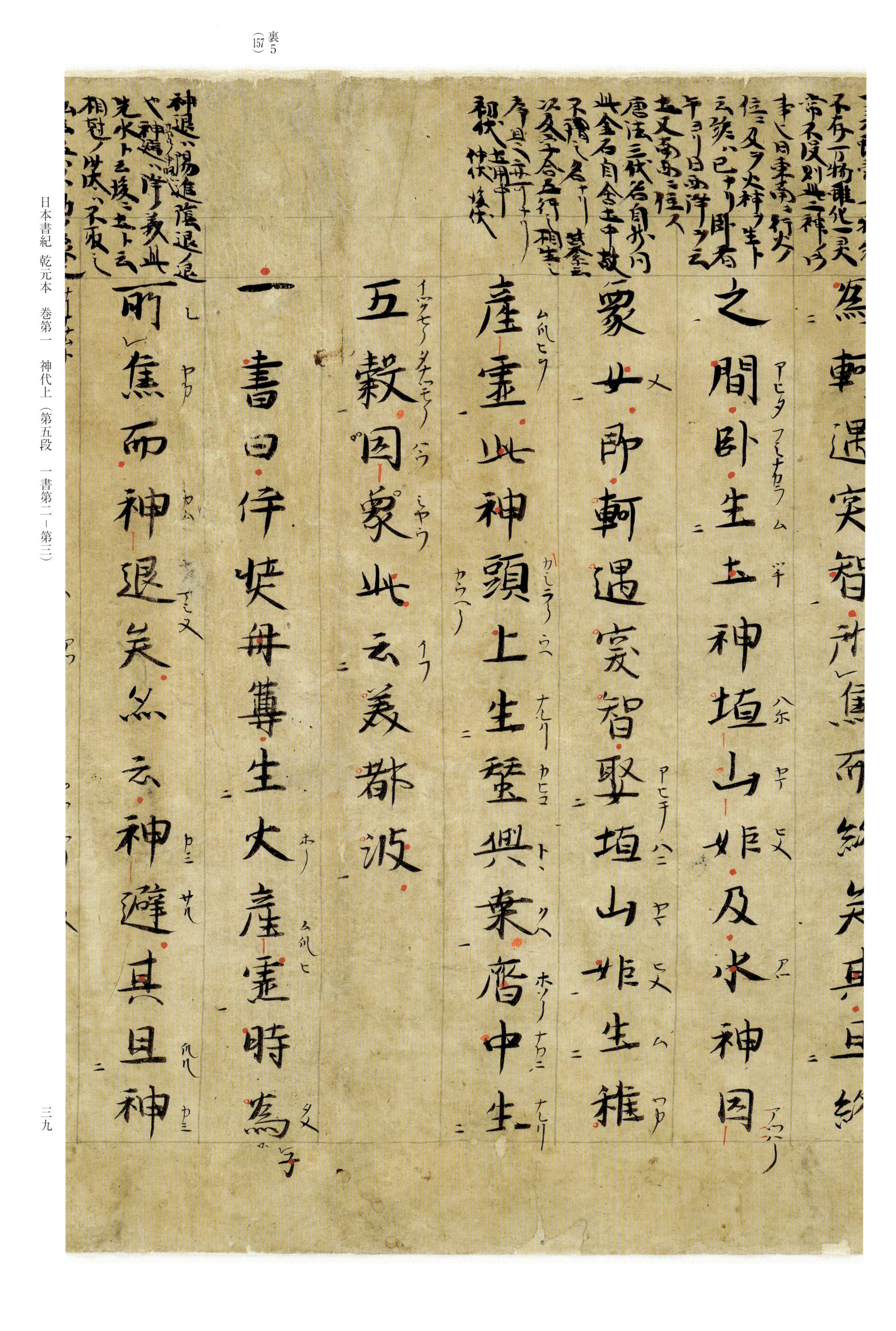

為軻遇突智所焦而終矣其且終

之間臥生土神埴山姫及水神罔

象女即軻遇突智娶埴山姫生稚

産霊此神頭上生蠶與桑臍中生

五穀罔象此云美都波

一書曰伊奘冉尊生火産霊時為子

所焦而神退矣亦云神避其且神

所焦而神退矣亦云神避其且神
退之時則生水神罔象女及土神
埴山姫又生天吉葛天吉葛此云
阿摩能与佐圖羅一云与曾豆羅
一書曰伊弉冉尊且生火神軻遇
突智之時悶熱懊惱因爲吐此化
爲神名曰金山彦次小便化爲神

小便名[illegible]柱なり
大便名大ニ柱なり

為神名曰金山彦次小便化為神
名曰罔象女次大便化為神名曰
埴山媛

一書曰伊奘冉尊生火神時被灼
而神退去矣故葬於紀伊國熊野之有
馬村焉土俗祭此神之魂者花時
亦以花祭又用鼓吹幡旗歌舞而

亦以花祭又用鼓吹幡旗歌舞而祭矣

第六説此中分為十二段 一明化凡神 二明生難神 三明生海山等神 四明生萬物 五明生火神而化去 六明陽神與注 七明斬火神而化神 八明陽神入黄泉 九明陰神逐陽神 十明二神誓約之言 十一明陽神祓除不淨 十二明化生三子

一書曰伊奘諾尊與伊奘冊尊共生大八洲國然後伊奘諾尊曰我

朝霧薫滿者上ノ覆率吹撥者上ノ清陽ハ天ト成リ重濁ハ地ト成ノ意ヘ

所生之國唯有朝霧而薫滿之哉

級者信ノ始ノ至ツ 六息ナリ 六则天地人倫万法ノ始之 六根六色六甲六害

乃吹撥之氣化爲神號曰級長戸

級長者稱言息氣長也 戸津者皆語助也 邊者

邊命亦曰級長津彦命是風神也

大和國龍田社是也

山神水神也以一水八德養万品之生根倭義ナリ

級長者猶言息氣長也戸津者皆語助邊者姫彦者男也

遺命然日級長津彦命是風神也

又飢時生兒蒂倉稲魂命又生海

山神水神也以一水ノ徳養万品ノ生根源ノ義ナリ

大和國廣瀬社是也

龍神之類

神等號少童命山神等號山祇水門

神等號速秋津日命木神等號句

句迺馳土神號埴安神然後悉生

萬物焉至於火神軻遇突智之生

水木間物水火不焼火之於燧鑽已見之國土一切物等ヲ生故火能焼物火能焼物理當并トリ以謹神ト為火被且

也其母伊弉冉尊見焦而化去于

也其母伊奘冉尊見焦而化去于
時伊奘諾尊恨之曰唯以一兒替
我愛之妹者乎則匍匐頭邊匍匐
脚邊而哭泣流涕焉其淚墮而爲
神是卽畝丘樹下所居之神号啼
澤女命矣遂拔所帶十握釼斬軻遇
突智爲三段此各化成神也復釼

突智爲三段此各化成神也復劒
刃垂血是爲天安河邊所在五百
箇磐石也即此經津主神之祖矣
復劒鐔垂血激越爲神號曰甕速
日神次熯速日神其甕速日神是
武甕槌神之祖也亦曰甕速日命
次熯速日命次武甕槌神復劒鋒

龗龍也
在天云龍在地云蛇
龗ヲ訓メシカミ
蛇ヲ訓メシロチ

次熯速日命次武甕槌神復劔鋒
垂血激越爲神号曰磐裂神次根
裂神次磐筒男命一云磐筒男命
及磐筒女命復劔頭垂血激越爲
神号曰闇龗次闇山祇次闇罔象
然後伊奘諾尊追伊奘冉尊入於
黄泉而及之共語時伊奘冉尊曰

黄泉而及之共語時伊奘冉尊曰
吾夫君尊何来之晩也吾已食泉
之竈矣雖然吾當寢息請勿視之
伊奘諾尊不聽陰取湯津杦櫛牽
折其雄柱以爲秉炬而見之者則

一片火陽井ノ心ナリ
火ヲアクル時ハ前ニ
境アリ境アレハ三見ヲ
生故ニ見ト云ナリ
陽剥卦也剥尽メ陽
而上ニ消ル是則月ノ
火ナリ

膿沸虫流今世人夜忌一行之火
又夜忌擲櫛此其緣也時伊奘諾

又夜忌擲櫛此其縁也時伊奘諾
尊大驚之曰吾不意到於不須也
凶目汚穢之國矣乃急走廻歸于
時伊奘冉尊恨曰何不用要言令
吾恥辱乃遣泉津醜女八人一云
泉津日狹女追留之故伊奘諾尊
拔劒背揮以逃矣因投黑鬘此即

抜劔背揮以逃矣因投黒鬘此即
化成蒲陶醜女見而採噉之噉了
則更追伊弉諾尊又投湯津爪櫛
此即化成筍醜女亦以抜噉之噉
了則更追後則伊弉冉尊亦自来
追是時伊弉諾尊已到泉津平坂
一云伊弉諾尊乃向大樹放尿即

一云伊奘諾尊乃向大樹放尿即

大龍一扇ノ飄ノ大ニ落ノ如シ
化成巨川泉津日挟女将渡其水

之間伊奘諾尊已至泉津平坂故

千人所引ノ磐今信濃國諏方ニ有リ
便以千人所引磐石塞其坂路與

會ノ三ナル時滄溟不分々々時ハ万物不生成ノ故ニ絶妻ノ義アリ
伊奘冉尊相向而立遂建絶妻之

誓時伊奘冉尊曰愛也吾夫君言

如此者吾當縊殺汝所治國民日

千頭

如此者吾當縊殺汝所治國民日

將千頭伊奘諾尊乃報之曰愛也

吾妹言如此者吾則當産日將千

五百頭因曰自此莫過即投其杖

是謂岐神也又投其帶是謂長道

磐神又投其衣是謂煩神又投其

褌是謂開囓神又投其履是謂道

褌
是謂開囓神又投其履是謂道
敷神其於泉津平坂或所謂泉津
平坂者不復別有處所但臨死氣
絶之際是之謂歟所塞磐石是謂
泉門塞之大神也亦名道返大神
矣伊奘諾尊既還乃追悔之曰吾
前到於不須也凶目汚穢之處故

前到於不須也乃且汚穢之處故
當滌去吾身之濁穢則往至筑紫
日向小戸橘之檍原而祓除焉遂
将盪滌身之所汚乃興言曰上瀬
是太疾下瀬是太弱便濯之於中
瀬也因以生神号曰八十枉津日
神次将矯其枉而生神号曰神直

神次将矯其枉而生神號曰神直
日神次大直日神又沈濯於海底
因以生神號曰底津少童命次底
筒男命又潜濯於潮中因以生神
號曰中津少童命次中筒男命又
浮濯於潮上因以生神號曰表津
少童命次表筒男命凡有九神矣

住吉大神

少童命次表筒男命凡有九神矣
其底筒男命中筒男命表筒男命
是即住吉大神矣底津少童命中
津少童命表津少童命是阿曇連
等所祭神矣然後洗左眼因以生
神號天照大神復洗右眼因以生
神號曰月讀尊洗鼻因以生神號

速先覧之異頗帰ナラス
一神之本
傳教大師入日
七星在頂不行非法
五行備身勿致非礼

神号曰月讀尊次洗鼻因以生神号
曰素戔嗚尊凡三神矣已而伊奘
諾尊勅任三子曰天照大神者可
以治高天原也月讀尊者可以治
月読副日之
滄海原表津潮之八百重也素戔
嗚尊者可以治天下也是時素戔
嗚尊年已長矣復生八握鬚髯雖

嗚尊年已長矣復生八握鬚髯
然不治天下常以啼泣恚恨故伊
奘諾尊問之曰汝何故恒啼如此
耶對曰吾欲從母於根國只為泣
耳伊奘諾尊惡之曰可以任情行
矣乃逐之

七説
一書曰伊奘諾尊抜劒斬軻遇突

一書曰伊奘諾尊抜劒斬軻遇突
智為三段其一段是為雷神一段
是為大山祇神一段是為高龗又
曰斬軻遇突智時其血激越染於
八十河中所在五百箇磐石而
化成神号曰磐裂神次根裂神
児磐筒男神次磐筒女神児経津

私記曰先以六説〻中之訓〻世大説与六説同而世相違故不六説餅已久言多ハ咲シテ所相乱ノ所ノ数段之一書ノ言ニ不顕言ノ訓於此書加之六説ト為乱之ニ非ス靇字訓新執過来智為三川世云三非靇山靇龍大ノ名ナリ云云閣宗縁閣山祇閣同家三名相遠不非相違

兒磐筒男神次磐筒女神兒經津
主神倉稲魂此云宇介能美柂磨
少童此云和多都美頭邊此云摩
苦羅陛脚邊此云阿度陛熯火也
音而善反靇此云於箇美音力丁
反吾夫君此云阿我儺勢餐泉湌
之竈此云舉母都俳遇比秉炬此

之竃此云舉母都俳遇比秉炬此
云多妃不須也凶目汚穢此云伊
儺之居梅枳々多儺枳醜女此云
志許賣背揮此云志理幣提尒布
倶泉津平坂此云余母都比羅佐
可尿此云愈磨理音乃予反絶妻
之誓此云許等度岐神此云布那

之誓此云許等度岐神此云布那
斗能加微檍此云阿波岐
一書曰伊奘諾尊斬軻遇突智命
爲五段此各化成五山祇一則首
化爲大山祇二則身中化爲中
山祇三則手化爲麓山祇四則腰
化爲正勝山祇五則足化爲䨄山

正勝　麻沙柯究

化爲正勝山祇五則足化爲䨄山　䨄 廣韵云鶴鵯

祇是時斬血激灑染於石礫樹草

此草木沙石自含火之緣也麓山

足曰麓此云簸耶磨正勝此云麻

䨄

娑柯莵䨄此云之伎音爲含反

九説

一書曰伊弉諾尊欲見其妹乃到

殯斂之處是時伊弉冊尊猶如

殯斂之處是時伊奘冉尊猶如
生平出迎共語已而謂伊奘諾尊
曰吾夫君尊請勿視吾矣言訖忽
然不見于時闇也伊奘諾尊乃擧
一片之火而視之時伊奘冉尊脹
八色ハ八種ヤ心ニ八識アリ三親ノ惣ヲ云ヤ近ハ雷ト九夜下
滿太高上有八色雷公伊奘諾尊
驚而走還是時雷等皆起追来時

道饗祭
久那斗神
本縁事

驚而走還是時雷等皆起追来時
道邊有大桃樹故伊奘諾尊隱其
樹下因採其實以擲雷者雷等皆
退走矣此用桃避鬼之縁也時伊
奘諾尊乃投其杖曰自此以還雷
不敢来是謂岐神此本号曰来名
戸之祖神焉所謂八雷者在首曰
大田命傳記云吾是天下之土君也故号國底立神又應時祐救化生出現也故云氣神亦稱國底國

戸之祖神焉所謂八雷者在首曰

大田命傳記云吾是天下之土君也故号国底立神又底津根枝化生出現故号気神亦号国底国

大雷在胸曰火雷在腹曰土雷在

背曰稚雷在尻曰黒雷在手曰山

易八卦有坎〃相應天以有坎易ァリ陽乎一分易ァリ寸[illegible]三古易[illegible]易[illegible]二[illegible]

雷在足上曰野雷在陰上曰裂雷

十一乾

一書曰伊奘諾尊追至伊奘冉尊

所在處便語之曰悲汝故来答曰

陽神已超二見

族也勿看吾矣伊奘諾尊不従猶

族也勿看吾矣伊奘諾尊不聴猶看
看之故伊奘冉尊恥恨之曰汝已
伊奘冉還帰于神一
見我情我復見汝情時伊奘諾尊
亦慙焉因将出返于時不直黙帰
而盟之曰族離又曰不負於族乃
所唾之神号曰速玉之男次掃之
神号泉津事解之男凡二神矣及

神號泉津事解之男凡二神矣及
其與妹相闘於泉平坂也伊奘諾
尊曰始爲族悲及思哀者是吾之
怯矣時泉守道者白云有言矣曰
吾與汝已生國矣奈何更求生乎
吾則當留此國不可共去是時菊
理媛神亦有白事伊奘諾尊聞而

華厳經云
速故三家城悟故
十方空本来無東
西何処有南北

理媛神亦有白事伊奘諾尊聞而
善之乃散去矣但親見泉國此既
不祥故欲濯除其穢悪乃往見粟
門及速吸名門然此二門潮既太急
急故還向於橘之小門而拂濯也

三入三出六神ヲ生ス
三天目ノ廻事ヲ云之
三天ノ出入来西ヘリ
ヲ見

于時入水吹生磐土命出水吹生
大直日神又入吹生底土命出吹

大直日神又入吹生底土命吹

生大綾津日神又入吹生赤土命

大地　家本無乃字

出吹生大地海原之諸神矣不負

於族此云宇我邏磨概茸

十一

一説

一書曰伊奘諾尊勅任三子曰天

照大神者可以御高天之原月夜

見尊者可以配日而知天事也素

保食者五神之事凝故
為月神所行陽光陰用
出桐而雖養物清用
不須送其于天高公謹
陽以滿一日一夜故此
日月畢上書假令今
指其家斷三以成畫
夜而出世間以隨其界
相離稱此神既送天
上非隱下五日尋天上歟
雖非下此既應世間
如明眼故左右手持
鏡生陰陽

見尊者可以配日而知天事也
戔嗚尊者可以御滄海之原也既
而天照大神在於天上曰聞葦原
中國有保食神宜尒月夜見尊就
候之月夜見尊受勅而降已到于
保食神許保食神乃廻首嚮國則
自口出飯又嚮海則鰭廣鰭狹亦

品物備貯
百机

西方四殺金下云方物
中時ミノル

自口出飯又嚮海則鰭廣鰭狹亦
自口出又嚮山則毛麁毛柔亦自
口出夫品物悉備貯之百机而饗
之是時月夜見尊忿然作色曰穢
哉鄙矣寧可以口吐之物敢養我
乎廼拔劒擊殺然後復命具言其
事時天照大神怒甚之曰汝是惡

事時天照大神怒甚之曰汝是悪
神不須相見乃與月夜見尊一日
一夜隔離而住是後天神復遣天
熊人往看之是時保食神實已死
矣唯有其神之頂化爲牛馬顱上
生粟眉上生蠒眼中生稗腹中生
稻陰生麦及大小豆天熊人悉取

稲陸生麦及大小豆天熊人悉取
持去而奉進之于時天照大神喜
之曰是物者則顕見蒼生可食而
活之也乃以粟稗麦豆為陸田種子
以稲為水田種子又因定天邑君
即以其稲種始殖于天狭田及長
田其秋垂穎八握莫然甚快也

大論云古佛舍利変成如意宝珠云々変成米云々

其秋垂穎八握莫々然甚快也

又口裏含繭便得抽絲自此始有

養蠶之道焉保食神此云宇氣母

知能加微顯見蒼生此云宇都志

枳阿烏比等久佐

第五品明珠明約者有其二初釋云文後釋式說初中分為六段一進雄登天二陽神入寂三月神…

於是素戔嗚尊請曰吾今奉教將就

根國故欲暫向高天原與姉相見而

家本　タカマノハラ　高天原

根國故欲暫向高天原與姉相見而
後永退矣勅許之乃昇詣之於天也是後
伊奘諾尊神功既畢靈運當遷是以
搆幽宮於淡路之洲寂然長隱者矣
亦曰伊奘諾尊功既至矣徳亦大矣
於是登天報命仍留宅於日之少宮
少宮此云倭柯美野
始素戔嗚尊昇天之時溟渤

倭柯美野

始素戔嗚昇天之時溟渤
以之鼓盪山岳為之鳴呴此則神性
或三字不讀 陽文作此之讀也　三字不讀 作託讀也
雄健使之然也天照大神素知其神
暴悪至聞来詣之状乃勃然而驚曰
吾弟之来豈以善意乎謂当有奪国
之志歟夫父母既任諸子各有其境
如何棄置当就之国而敢窺窬此処

鎧販本ニ然角下云始于此

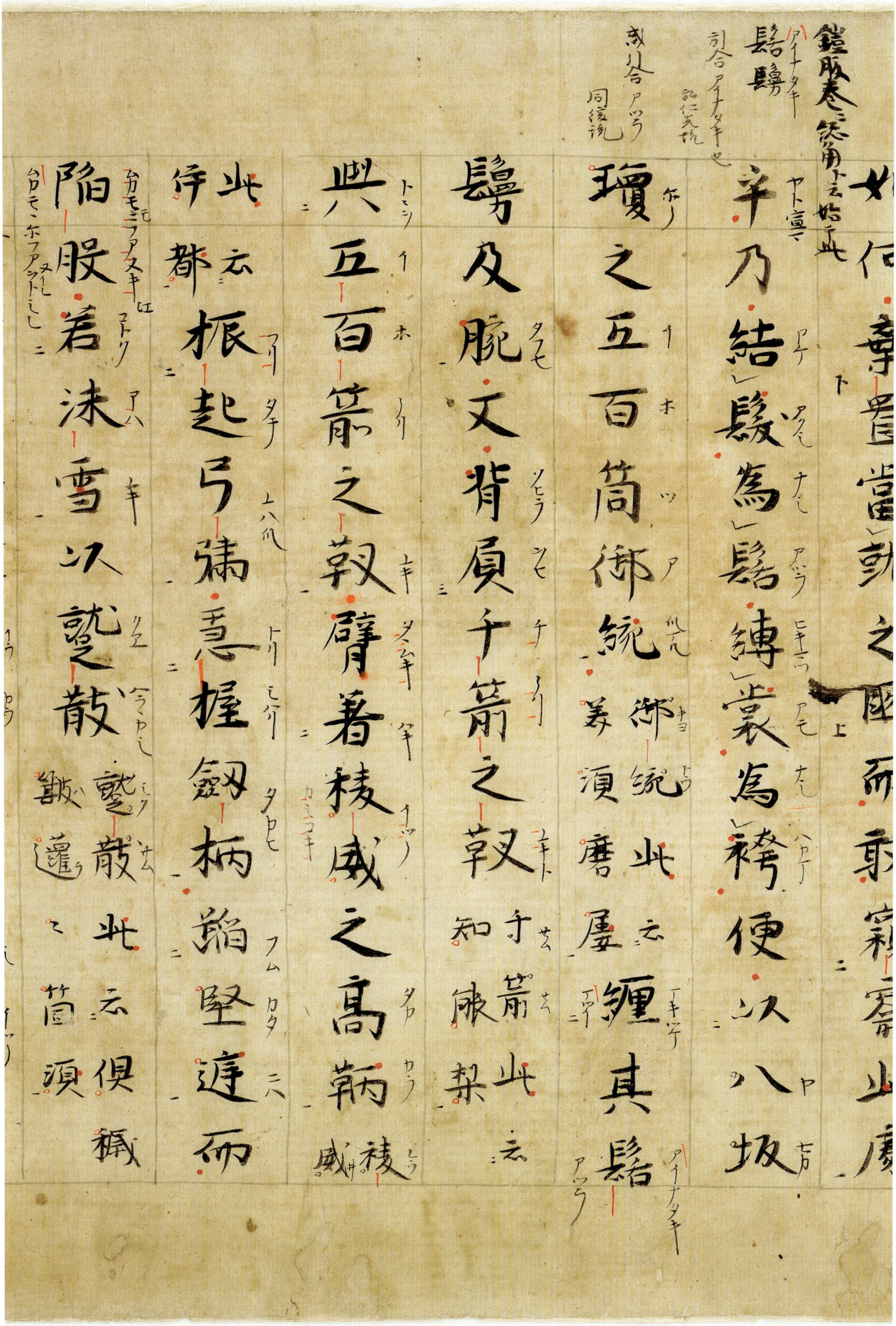
如何棄置當就之國而敢窺窬此處
乎乃結髮為髻縛裳為袴便以八坂
瓊之五百箇御統（御統此云美須磨屢）纏其髻
鬘及腕又背負千箭之靫（千箭此云知能梨）
與五百箭之靫臂著稜威之高鞆（稜威
此云伊都）振起弓彇急握劔柄蹈堅庭而
陷股若沫雪以蹴散（蹴散此云俱穢簸邏々箇須）

文止　柯萬殷義云
凡父母兄弟已
相面對則皆
加今辞一訓
之例皆同之

陷股若沫雪以蹴散簸邏〻箇須

奮稜威之雄誥雄誥此云烏多誓眉發稜威之

嘖讓嘖讓此云舉廬毗而俓詰問焉素戔嗚

言責也

尊對曰吾元無黒心但父已有嚴勅

將永就乎根國如不與姉相見吾何能

敢去是以跋渉雲霧遠自来参不意

何

阿姉翻起嚴顏于時天照大神復問曰

顏

阿姉翻起嚴于時天照大神復問曰
若然者將何以明爾之赤心也對曰
請與姉共誓夫誓約之中誓約之中此云宇氣
辟能美儺箇必當生子如吾所生是女者
則可以爲有濁心若是男者則可以
爲有清心於是天照大神乃索取素
戔嗚尊十握劍打折爲三段濯於天

戔嗚尊十握劔打折爲三段濯於天
眞名井𪗾然咀嚼而𪗾然咀嚼此云佐我弥尓加武
吹棄氣噴之狭霧吹棄氣噴之狭霧此云浮枳于都屡
伊浮岐能佐擬理所生神号曰田心姫次湍
津姫次市杵嶋姫凡三女矣既而素
戔嗚尊乞取天照大神髻鬘及腕所
纒八坂瓊之五百箇御統濯於天眞

此兩注可為㡯也
江師御本同為㡯
往注異本云々

千忠雖異皆是
交天地之光亂
一物雖三名各元
陰陽之變化

纏八坂瓊之五百箇御統濯於天真
名井𪗾然咀嚼而吹棄氣噴之狹霧
所生神號曰正哉吾勝々速日天忍
穗耳尊次天穗日命是出雲臣土師連等祖也次
天津彦根命是凡川内直山代直等祖也次活津
彦根命次熊野櫲樟日命凡五男矣
是時天照大神勅曰原其物根則八

是時天照大神勅曰原其物根則八
坂瓊之五百箇御統者是吾物也故
彼五男神悉是吾兒乃取而子養天
勅曰其十握釼者是素戔嗚尊物也
故此三女神悉是爾兒便授之素戔
宗形神事
嗚尊此則筑紫胷肩君等所祭神是
也

也

一説
一書曰日神本知素戔嗚尊有武
健淩物之意及其上至便謂弟所
以来者非是善意必當奪我天原
乃設大夫武備躬帯十握劒九握
劒八握劒又背上負靫又臂著稜
威高鞆手捉弓箭親迎防禦是時

大夫　家本
丈夫　江本

陰劒二有左右
陽劒有中ミ者忌劒

食 焉須 下文同之

手捉弓箭親迎防禦是時
素戔嗚尊告曰吾元無悪心唯欲
与姉相見只為暫来耳於是日神
共素戔嗚尊相対而立誓曰若汝
心明浄不有凌奪之意者汝所生
児必当男矣言訖先食所帯十握
剣生児号瀛津嶋姫又食九握剣

劔生児號瀛津嶋姫又食九握劔
生児號湍津姫又食八握劔生児
號田心姫凡三女神矣已而素戔
嗚尊以其頸所嬰五百箇御統之
瓊濯于天渟名井亦名去来之眞
名井而食之乃生児號正哉吾勝
勝速日天忍骨尊次天津彦根命

四王忉利二天者地居ノ名ノ成婬人ト同
夜摩天ハ抱成婬
都率天ハ多天由執手成婬
楽変化天相向咲成婬
他化自在天手相觸成婬

勝速日天忍骨尊次天津彦根命
次活津彦根命次天穂日命次熊
野忍蹈命凡五男神矣故素戔嗚
尊既得勝驗於是日神方知素戔
嗚尊固无悪意乃以日神所生三女
神令降於筑紫洲因教之曰汝三
神宜降居道中奉助天孫而爲天

麻都利之　太須介

孫所祭也

二説
一書曰素戔嗚尊將昇天時有一神號羽明玉此神奉迎而進以瑞八坂瓊之曲玉故素戔嗚尊持其瓊玉而到之於天上也是時天照大神疑弟有惡心起兵詰問素戔

此珠大元神明意也抑亦万物霊之意亦非也唐即備妙心大海之珠玉者隨之所極之今此珠者隨湯一極論具従者天地一心之珠宝也

大神疑弟有悪心起兵詰問素戔
嗚尊對曰吾所以来者實欲與姉
易大玄注云一天玄爲首才四同圓珠寶居珠寶美道〻
相見亦欲獻珍寶瑞八坂瓊之曲
玉耳不敢別有意也時天照大神
復問曰汝言虚實將何以為驗對
曰請吾與姉共立誓約〻〻之間
生女為黒心生男為赤心乃掘天

金則陰陽之灵金則
水火之精金是神明
之金且之冥之天地非
遠近在心

生女為黒心生男為赤心乃掘天
真名井三處相與對立是時天照
大神謂素戔嗚尊曰以吾所帶之
劒今當奉汝〻以汝所持八坂瓊
之曲玉可以授予矣如此約束共
相換取已而天照大神則以八坂
瓊之曲玉浮寄於天真名井嚙斷

瓊之曲玉浮寄於天眞名井囓斷
瓊端而吹出氣噴之中化生神號
市杵嶋姫命是居于遠瀛者也又
囓斷瓊中而吹出氣噴之中化生
神號田心姫命是居于中瀛者也
又囓斷瓊尾而吹出氣噴之中化
生神號湍津姫命是居于海濱者

生神號瀛津姫命是居于遠瀛者
也凡三女神於是素戔嗚尊以所
持劒浮寄於天眞名井齧斷劒末
而吹出氣噴之中化生神號天穂
日命次正哉吾勝々速日天忍骨
尊次天津彥根命次活津彥根命
次熊野櫲樟日命凡五男神云尒

汝熊野櫲樟日命凡五男神云介

一書曰日神與素戔嗚尊隔天安河而相對乃立誓約曰汝若不有姧賊之心者汝所生子必男矣如生男者予以爲子而令治天原也於是日神先食其十握劒化生兒瀛津嶋姫命亦名市杵嶋姫命又

瀛津嶋姫命亦名市杵嶋姫命又
食九握劔化生湍津姫命又食
八握劔化生田霧姫命已而素
戔嗚尊含其左髻所纏五百箇統
之瓊而著於左手掌中便化生男
矣則稱之曰正哉吾勝故因名之
曰勝速日天忍穂耳尊復含右髻

日勝速日天忍穂耳尊復含右髻
之瓊著於右手掌中化生天穂日
命復含嬰頸之瓊著於左臂中化
生天津彦根命又自右臂中化生
活津彦根命又自左足中化生熯
之速日命又自右足中化生熊野
忍蹈命又名熊野忍隅命其素戔

忍蹈命亦名熊野忍隅命其素戔
嗚尊所生之兒皆已男矣故日神
方知素戔嗚尊元有赤心便取其
六男以為日神之子使治天原
以日神所生三女神者使降居于
葦原中國之宇佐嶋矣今在海北
道中号曰道主貴此筑紫水沼君

道中号曰道主貴此筑紫水沼君
等祭神是也熯干也此云備

第七明宝鏡図像者有其二初釈二文後釈或説初中分為五段一進推無道之由二日神幽居天窟三衆神祈請之日四日神出窟之状五帰罪於進雄尊

是後素戔嗚尊之為行也甚无状何
則天照大神以天狭田長田為御田
時素戔嗚尊春則重播種子重播種子此云
璽枳磨枳且毀其畔毀此云波那豆秋則放天斑駒
使伏田中復見天照大神當新嘗時

甍今神殿棟上置加作木是也加作ハ勝也木ハ男也女神ハ終男神ニ勝ナリ

使伏田中復見天照大神當新嘗時
則陰放屎於新宮又見天照大神方
織神衣居齋服殿則剝天斑駒穿殿
甍而投納是時天照大神驚動以梭
傷身由是發慍乃入于天石窟閉磐
戸而幽居焉故六合之内常闇而不
知晝夜之相代于時八十万神會合

手力雄神今内宮相殿左衛ニ坐

知晝夜之相代于時八十万神會合
於天安河邊計其可禱之方故思兼
神深謀遠慮遂聚常世之長鳴鳥使
互長鳴亦以手力雄神立磐戸之側
而中臣連遠祖天兒屋命忌部遠祖
太玉命掘天香山之五百箇真坂樹
而上枝懸八坂瓊之五百箇御統中

巧作俳優　太人美乎和太乎支須　或説在蘆巧

而上枝懸八坂瓊之五百箇御統中
枝懸八咫鏡 一云真経津鏡 下枝懸青和幣
和幣 此云尼枳底 白和幣相興致其祈祷焉
又猨女君遠祖天鈿女命則手持茅
纏之矟立於天石窟戸之前巧作俳優
亦以天香山之真坂樹為鬘以蘿 蘿此
云比舸礙 為手繦 手繦此云多須枳 而火処焼覆

嘘樂如此
加久恵良久也

舸礙為手繦多須枳而火處燒覆
槽置覆槽此云于該顯神明之憑談顯神明之憑談
此云歌牟鵝可梨是時天照大神聞之而曰
吾比閉居石窟謂當豊葦原中國必
為長夜云何天鈿女命嘘樂如此者
辛乃以御手細開磐戸窺之時手力
雄神則奉承天照大神之手引而奉

雄神則奉承天照大神之手引而奉

出於是中臣神忌部神則界以端出

之縄（縄亦云左縄端出此云斯梨倶梅儺波）乃請曰勿

復還幸然後諸神歸罪過於素戔嗚

尊而科之以千座置戸遂促徴矣至

使抜髪以贖其罪亦曰抜其手足之

爪贖之已而竟逐降焉

贖之已而竟逐降焉

一書曰是後稚日女尊坐于齋服殿而織神之御服也素戔嗚尊見之則逆剥斑駒投入之於殿内稚日女尊乃驚而墮機以所持梭傷體而神退矣故天照大神謂素戔嗚尊曰汝猶有黒心不欲與汝相

嗚尊曰汝猶有黒心不欲與汝相
見乃入于天石窟而閉著磐戸焉
於是天下恒闇無復晝夜之殊故
會八十万神於天高市而問之時
有高皇産霊之息思兼神云者有
思慮之智乃思而白曰宜圖造彼
神之象而奉招祈禱也故即以石凝

神之象奉招禱也故即以
石凝姥為冶工採天香山之金以作日
矛又全剥真名鹿之皮以作天羽
鞴用此奉造之神是即紀伊國所
日前宮事
坐日前神也石凝姥此云伊之居
梨度咩全剥此云宇都播伎
二説
一書曰日神尊以天垣田為御田時素

一書曰日神尊以天垣田爲御田時素
戔嗚尊春則塡渠毀畔又秋穀已
成則冒以絡繩且日神居織殿時則
生剝斑駒納其殿内凡此諸事盡是
無状雖然日神恩親之意不慍不恨皆
以平心容焉及至日神當新嘗之時素
戔嗚尊則於新宮御席之下陰自

戔嗚尊則於新宮御席之下陰自
送糞日神不知徑坐席上由是日神
擧體不平故以恚恨廼居于天石窟
閉（其　家本無其字）磐戶于時諸神憂之乃使鏡作部
遠祖天糠戶者造鏡忌部遠祖太玉者
造幣玉作部遠祖豐玉者造玉又使
山雷者採五百箇眞坂樹八十玉籤野

山雷者採五百箇眞坂樹八十玉籤
槌者採五百箇野薦八十玉籤凡此諸
物皆来聚集時中臣遠祖天兒屋命
則以神祝之於是日神方開磐戸
而出焉是時以鏡入其石窟者觸戸
小瑕其瑕於今猶存此即伊勢崇秘
之大神也已而科罪於素戔嗚尊而

之大神也已所科罪於素戔嗚尊所
責其祓具是以有手端吉棄物足端
手ハ出ナリ出物ハ日月星也及天ノ業ナリ天ハ善也足ハ地ノ名善原ナリ故ニ地ノ業ナリ地ハ悪也畢竟天ノ善悪ノ二隠則天地之意
北斗元霊経云肩ハ肝ニ属鼻ハ肺ニ属口ハ脾ニ属ニ
凶棄物然以唾為白和幣以洟為青
和幣用此解除竟遂以神逐之理逐
之送棄此云俱穂摩枳摩屢玉籤此云多
摩俱之祓具此云波羅閉都母能乎
端吉棄此云多那須衛能余之岐羅

良田處　家本無處字

端吉棄此云多那須衛能余之岐羅
毗神祝之此云加武保佐枳保佐枳
逐之此云波羅賦
三説
一書曰是後日神之田有三處号
曰天安田天平田天邑田皆良田雖
經霖旱元所損傷其素戔嗚之田
忽有三處号曰天樴田天川依田天口

閉居
閉家本

然有三處号曰天樴田天川依田天口
鏡田此皆磽地雨則流之旱則焦之故
素戔烏尊妬害姉田春則廢渠槽
及埋溝毀畔又重播種子秋則捶籤
伏馬凡此悪事曾无息時雖然日神
不慍恒以平恕相容焉云〻至於日神
閉居于天石窟也諸神遣中臣連遠祖

一書云鏡ヲ上枝ニ懸

閇居于天石窟也諸神遣中臣連遠祖
興台産霊児天児屋命而使祈焉
於是天児屋命掘天香山之真坂木
而上枝懸以鏡作遠祖天抜戸児石凝
戸邊所作八咫鏡中枝懸以玉作遠祖
伊奘諾尊児天明玉所作八坂瓊之曲
玉下枝懸以粟国忌部遠祖天日鷲

玉下枝懸以粟國忌部遠祖天日鷲
所作木綿乃使忌部首遠祖太玉命
執取而廣厚稱辭祈啓矣于時日
神聞之曰頃者人雖多請未有若此
言之麗美者也乃細開磐戸而窺之
是時天手力雄神侍磐戸側引開之
者日神之光滿於六合故諸神大喜

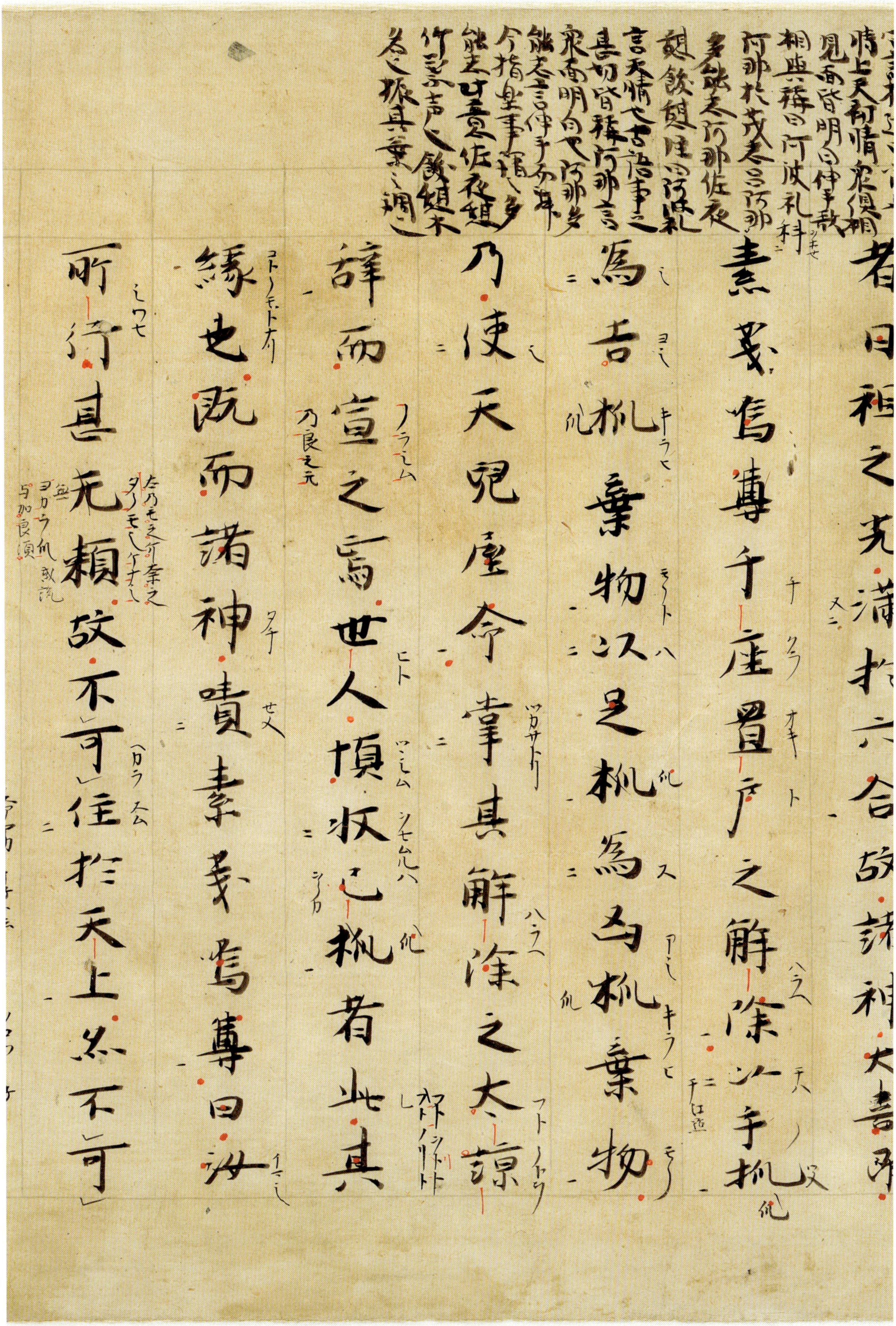
者日祖之光滿於六合故諸神大喜所
素戔嗚尊千座置戸之解除以手爪
爲吉爪棄物以足爪爲凶爪棄物
乃使天兒屋命掌其解除之太諄
辭而宣之焉世人愼收己爪者此其
緣也既而諸神嘖素戔嗚尊曰汝
所行甚無頼故不可住於天上亦不可

所行甚无頼故不可住於天上然不可
居於葦原中國宜急適於底根之
國乃共逐降去于時霖也素戔烏尊
結束青草以爲笠蓑而乞宿於衆
神〻曰汝是躬行濁惡而見逐謫
者如何乞宿於我遂同距之是以風
雨雖甚不得留休而辛苦降矣自尓

雨雖甚不得留休而辛苦降矣自爾
以來世諱著笠蓑以入他人屋内又
諱負束草以入他人家内有犯此者
必債解除此太古之遺法也是後素
戔嗚尊曰諸神逐我〻今當永去
如何不與我姉相見而擅自俓去歟廼
復扇天扇國上詣于天時天鈿女見之

傍龍之天國上詣天明天金玉

而告言於日神也日神曰吾弟所以上

来非復好意必欲奪我之國者歟吾

雖婦女何當避乎乃躬裝武備云々

於是素戔嗚尊誓之曰吾若懷不善

而復上来者吾今齧玉生兒必當

爲女矣如此則可以降女於葦原中

焉女矣如此則可以降女於葦原中
國如有清心者必當生男矣如此則
可以使男御天上且姉之所生亦同
此誓於是日神先囓十握劔云云素
戔嗚尊乃轠轤然解其左髻所纏
五百箇統之瓊綸而瓊響瑲々濯
浮於天渟名井囓其瓊端置之左

浮於天渟名井嚼其左瓊畳之左
掌而生児正哉吾勝〻速日天忍穂
根尊復嚼右瓊畳之右掌而生児
天穂日命此出雲臣武蔵國造土師
連等遠祖也次天津彦根命此茨城
國造額田部連等遠祖也次活目津
然不讀目字江同之
彦根命次熯速日命次熊野大角
隅

厳根命次熯速日命次熊野大隅
命凡六男矣於是素戔嗚尊白日
神曰吾所以更昇來者衆神處我
以根國今當就去若不與姉相見終
不能忍離故實以清心復上來耳
今則奉覲已訖當隨衆神之意自
此永歸根國矣請姉照臨天國自

此永帰根國矣請姉照臨天國自
可平安且吾以清心所生児等亦奉
於姉已而復還降焉廢渠槽此云
秘波鵝都捶籤此云久斯社志興
台産霊此云許語等武須毘太諄
辞此云布斗能理斗轆轤然此
云乎謀苦留々尓瑲々乎奴儺等

元乎許者留々介弥乎如僕等

毋々由羅尓

第八品

是時素戔嗚尊自天而降到於出雲

國簸之川上時聞川上有啼哭之

聲故尋聲覔往者有一老公與老

婆中間置一少女撫而哭之素戔

嗚尊問曰汝等誰也何爲哭之如此耶

師説　也万太烏呂知　安氏説大地羽々ト讀之

嗚尊問曰汝等誰也何爲哭之如此耶

對曰吾是國神號脚摩乳我妻號

手摩乳此童女是吾兒也號奇稻田

姫所以哭者往時吾兒有八箇少女毎

年爲八岐大蛇所呑今此小童且臨被

呑无由脱免故以哀傷素戔嗚尊勅曰

若然者汝當以女奉吾耶對曰隨勅奉

若然者汝當以女奉吾耶對曰隨勅奉
矣故素戔嗚尊立化奇稲田姫爲湯津
爪櫛而插於御髻乃使脚摩乳手摩
乳釀八醞酒并作假庪八間 假庪此云佐受枳
各置一口槽而盛酒以待之也至期果
有大蛇頭尾各有八岐眼如赤酸醤
赤酸醤此云阿箇箇鵝知 松栢生於背上而蔓延

陽則復地今鈹而死復所陽鈹為地覔

草薙劒 尾張國愛智郡熱田神是也

阿箇々鵯知 松柏生於背上而蔓延
於八丘八谷之間及至得酒頭各一槽飲
醉而睡時素戔嗚尊乃拔所帶十握
劒寸斬其蛇至尾劒刃少缺故割裂
其尾視之中有一劒此所謂草薙劒
也 草薙劒此云俱娑那伎能都留伎 一書曰
本名天叢雲劒蓋大蛇所居之上常有雲
氣故以名歟至日本武皇子改名曰草薙劒
素戔嗚尊曰是神

武皇子改曰草薙劍素戔嗚尊曰是神

劍也吾何敢私以安乎乃上獻於天

神也然後行覓將婚處遂到出雲之清

地也清地此云素鵝焉乃言曰吾心清清之此今

呼此地則於彼處建宮（三本無此字）

曰清或云時武素戔嗚尊歌之曰

夜句茂多兎伊弩毛夜覇餓岐

莬磨語昧爾夜覇餓枳都倶盧贈

菟磨語昧尓夜覇餓枳都俱盧贈
迺夜覇餓岐廻
乃相與遘合而生兒大己貴神因之勅
之曰吾兒宮首者卽脚摩乳手摩乳
也故賜号於二神曰稲田宮主神已而
素戔嗚尊遂就於根國矣

一書曰素戔嗚尊自天而降到於出雲

一書曰素戔嗚尊自天而降到於出雲
簸之川上則見稲田宮主簀狭之八箇耳
女子號稲田媛乃於奇御戸為起而
生兒号清之湯山主三名狭漏彦八嶋
篠一云清之繫名坂軽彦八嶋手命
又云清之湯山主三名狭漏彦八嶋野
此神五世孫即大國主神篠小竹也此

此神五世孫即大國主神篠小竹也此
云斯奴

一説
一書曰是時素戔嗚尊下到於安
藝國可愛之川上也彼處有神名曰
脚摩手摩其妻名曰稻田宮主簀狭
之八箇耳此神正在妊身夫妻共愁乃
告素戔嗚尊曰我生兒雖多毎生輙

必　江同之　ヘミモカナラス
信ゝ毛加奈良須
師說是先師
殊讀如耳

吉素戔嗚尊曰我生兒雖多毎生輙
有八岐大蛇來呑不得一存今吾且產
恐亦見呑是以哀傷素戔嗚尊乃敎
之曰汝可以衆菓釀酒八甕吾當爲
汝殺蛇二神隨敎設酒至產時必彼
大蛇當戶將呑兒焉素戔嗚尊勅
蛇曰汝是可畏之神敢不饗乎乃

蛇曰汝是可畏之神敢不饗乎
乃以八甕酒毎口沃入其蛇飲酒而睡
素戔嗚尊抜剣斬之至斬尾時剣
刃少缺割而視之則剣在尾中是号
草薙剣此今在尾張国吾湯市村即
熱田祝部所掌之神是也其断蛇剣
号曰蛇之麁正此今在石上也是後以

号曰虵之麁正此今在石上也是

稲田宮主簀狭之八箇耳生児真髪触

奇稲田媛遷置於出雲国簸川上而長

養焉然後素戔嗚尊以為妃而所生

児之六世孫是曰大己貴命大己貴

此云於褒婀娜武智

三説

一書曰素戔嗚尊欲幸奇稲田媛

一書曰素戔嗚尊欲幸奇稲田媛
而乞之脚摩乳手摩乳對曰請先
殺彼蛇然後幸者宜也彼大蛇毎頭
各有石松兩脇有山甚可畏矣將何
以殺之素戔嗚尊乃計釀毒酒以
飲之蛇醉而睡素戔嗚尊乃以蛇韓
鋤之劒斬頭斬腹其斬尾之時劒刃

私記
韓鋤之釼
似鋤故名之
今案須岐也

似鋤故名之

鋤之劔斬頭斬腹其斬尾之時劔刃

今案須改也

少缺故裂尾而看即別有一劔焉名為

草薙劔此劔昔在素戔嗚尊許今

在於尾張国也其素戔嗚尊断蛇

之劔今在吉備神部許也出雲簸之

私記云吉備神部許　支比乃加无度毛乃　為乃止古呂

川上山是也

吉備作寸簸　筆義同也

四説

一書曰素戔嗚尊所行無状故諸神

吉備　寸簸

寸鍬

文羅岐
天皇五ノ燃各非功皇后
征伐ヽ時長門帰伏ヽ故
以新羅其ヽ名ヽ訓ヽ
大唐青龍寺鎮守
素戔烏也
弘法大師帰朝醍醐清
瀧社
黄大汗　赤山明神
宿曜大汗　新羅明神
素戔烏神天竺ニ摩
多羅神トニ山門宗行
並ノ内ニ奈神同ヽ

一書曰素戔嗚尊所行無状故諸神
科以千座置戸而遂逐之是時素戔
嗚尊帥其子五十猛神降到於新羅
國居曽尸茂梨之處乃興言曰此地
吾不欲居遂以埴土作舟乘之東渡到
出雲國簸川上所在鳥上之峯時彼處
有呑人大蛇素戔嗚尊乃以天蠅斫之

有呑人大蛇素戔嗚尊乃以天蠅斫之
劒斬彼大蛇時斬蛇尾而刃缺即擘
而視之尾中有一神劒素戔嗚尊曰
此不可以吾私用也乃遣五世孫天之葺
根神上奉於天此今所謂草薙劒矣

第八

初五十猛神天降之時多將樹種而
下然不殖韓地盡以持歸遂始自筑紫

下然不殖韓地盡以持帰遂始自筑紫
凡大八洲國之内莫不播殖而成青山
焉所以稱五十猛命為有功之神即紀
伊國所坐大神是也
一書曰素戔嗚尊曰韓郷之嶋是
有金銀若使吾児所御之國不有浮寶
者未是佳也乃拔鬚髯散之即成杉

私記　杉　須支乃支　師說杉作諸木皆如木辭讀之

者未是佳也乃拔鬚髯散之即成杉
又拔散胷毛是成檜尻毛是成柀
眉毛是成櫲樟已而定其當用乃稱
之曰杉及櫲樟此兩樹者可以為浮寶
檜可以為瑞宮之林柀可以為顯見蒼
生奧津棄戶將臥之具夫須啖八十
木種皆能播生于時素戔嗚尊之

木種皆能播生于時素戔嗚尊之
子號曰五十猛命妹大屋津姫命次
枛津姫命凡此三神亦能分布木種即
奉渡於紀伊國也然後素戔嗚尊居
熊成峯而遂入於根國者矣棄戸此
云須多杯柀此云磨紀

一書曰大國主神亦名大物主神亦號

大國主者三界國土之主
大物主者万物主

一書曰大國主神亦名大物主神亦號
國作大己貴命亦曰葦原醜男亦曰八
千戈神亦曰大國玉神亦曰顯國玉神其
子凡有一百八十一神夫大己貴命與少彦
名命戮力一心經營天下復爲顯見蒼
生及畜産則定其療病之方又爲攘
鳥獸昆虫之灾定其禁厭之法是以

鳥獸昆虫之災異則定其禁厭之法是以
百姓至今咸蒙恩頼嘗大己貴命
謂少彦名命曰吾等所造之國豈謂成
之号少彦名命對曰或有成或有不成
或有不成是談也蓋有幽深之致焉其
後少彦名命行至熊野之御碕遂適
於常世郷矣亦曰至淡嶋而縁粟茎

江家點

私記　不和順　万ツ呂波奴

於常世郷矣然日至淡嶋而縁粟莖
者則弾渡而至常世郷矣自後國中
所未成者大己貴神獨能巡造遂到出
雲國乃興言曰夫葦原中國本自
荒芒至乃磐石草木咸能強暴然
吾已摧伏莫不和順遂因言今理此
國唯吾一身而已其可與吾共理天

國唯吾一身而已其可與吾共理天

江家點　神光照海

下者蓋有之乎于時神光照海忽然

鎮本紀云其天陽魂日掌心神其地陰魂日成色矣

有浮来者曰如吾不在者汝何能平

此國乎由吾在故汝得建其大造之績

私記　唯然　唯音烟之加奈利

矣是時大己貴神問曰唯然迺知汝是

然則汝是誰耶對曰吾是汝之幸魂奇魂也大己貴神曰

吾之幸魂奇魂今欲何處住耶對曰

吾欲住於日本國之三諸山故即營宮

吾欲住於日本國之三諸山故卽營宮
彼處使就而居此大三輪之神也此神
之子卽甘茂君等太三輪君等又姫蹈
韛五十鈴姫命又曰事代主神化爲八尋
熊鰐通三嶋溝樴姫或云玉櫛姫而生
兒姫蹈韛五十鈴姫命是爲神日本
磐余彥火火出見天皇之后也初大己

磐余彦火〻出見天皇之后也初大己
貴神之平国也行到出雲国五十狭〻
之小汀而且当飲食是時海上忽有
人聲乃驚而求之都無所見頃時有
一箇小男以白蘞皮為舟以鷦鷯羽為衣
随潮水以浮到大己貴神即取置掌
中而翫之則跳齧其頬乃怪其物色

私記曰自字正如與也
指間　多万与利

中而翫之則跳囓其頰乃怪其物色
遣使白於天神于時高皇產靈尊聞
之而曰吾所產兒凡有一千五百座其
中一兒最惡不順教養自指間漏墮者
必彼矣宜愛而養之此即少彥名命
是也顯此云于都斯蹈鞴此云多々羅
幸魂此云佐枳彌多摩奇魂此云倶

幸魂此云佐枳彌多摩奇魂此云倶
斯美拕磨鷦鷯此云娑々岐

日本書紀巻第一

乾元二年大蔟廿七日以累家秘本

書写了神代上下注多闕脈者

披閲以此書記

神祇権少副卜部兼夏

（継紙2）　（継紙1）

神祇権少副卜部兼夏

乾元二年沽洗一日於閑窓之雨中

加朱墨訖

兼夏

見合秘説本合點了

元應二年二月十一日校筆畢訖

太常少卿

正長元年戊申歳四月十九日修補畢
正四位上行神祇大副卜部兼富
於此本者不可持出諸方不可出固矣

兼見　十代之祖

永徳元年十一月卅日以家之
秘説授嫡男兼敦訖
正四位下神祇権大副卜部朝臣（花押）

（継紙3）

日本書紀者一品舎人親王之所著也蓋闡發鬼神之幽
秘通貫帝王之經綸煥乎大哉昭如日星初拾遺三品卜
氏以此書授吾先君是以余趨庭日亦嘗與有聞焉大常
少卿卜兼冨乃拾遺之孫一日来語余曰日本紀先父之職
也敢有二事然吾不幸過時而未有及乎此若徒帰咎於
既往不以補於後則終絶滅吾家之業噫吾雖已老其且
願學焉余應之曰學而不厭誨人不倦聖人其猶不曰能之
矧余之不敏何以利汝乎哉然測汝言之懇不獲辭耳抑亦
昔先君傳其說則於汝家得之矣今又以此帰之於汝家蓋
天理之當然也豈不許汝之請而自取逆理哉則以授第一
[illegible]謹識

天理之當然也豈不許汝之請而自取遺珠吉貝以授蒙一
巻既畢請跋之應永癸卯孟夏下澣謹識
右僕射藤氏（花押）

神代上下巻被　綸命仰息男卜部兼致遂書写
功畢仍以累家之秘説加朱墨之兩點謹奉
献上焉
文明第十三暦臘月上旬日曜日
神祇權大副兼神道長上侍従卜部朝臣兼倶上

神祇[illegible]長上従[illegible]下行[illegible]卜部朝臣[illegible]

此両巻者我十七代之祖

兼夏御真筆也尤秘本

累代龜鏡也拜見之次

[illegible]

（継紙4）

累代靈鏡也拜見之次
加證明敢莫出間外矣
享保十八年六月十一日
銀青光禄大夫拾遺郎亨朝臣
享保二十年十月六日加表紙并外題ヲ書加之

[illegible]

銀青光禄大夫拾遺卜部朝臣

享保二十年十月六日加表紙并外題ヲ書加ヘ

卜兼雄

裏書

裏1（7）

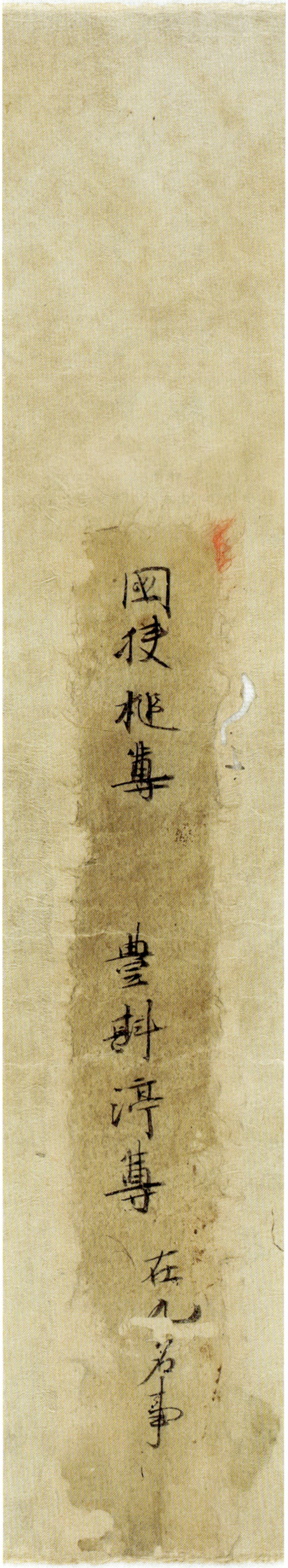

継目裏書（第1－2紙）

裏2（35）

裏3（36）

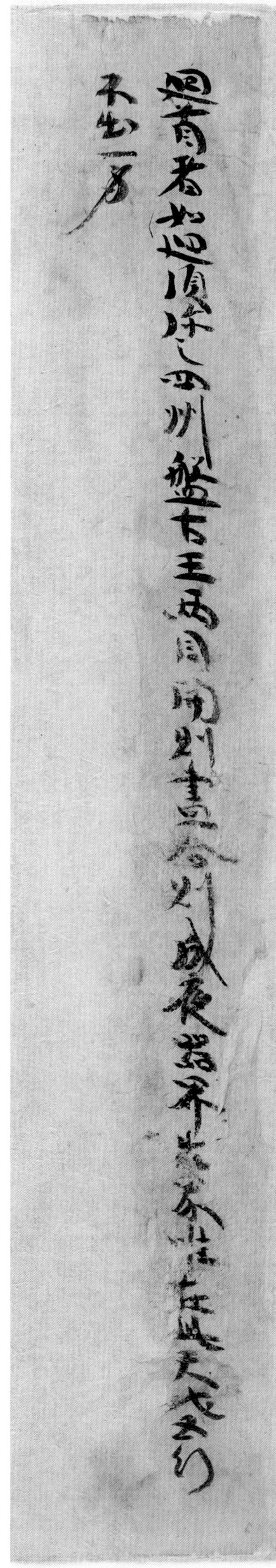

裏4（36）

裏5（39）

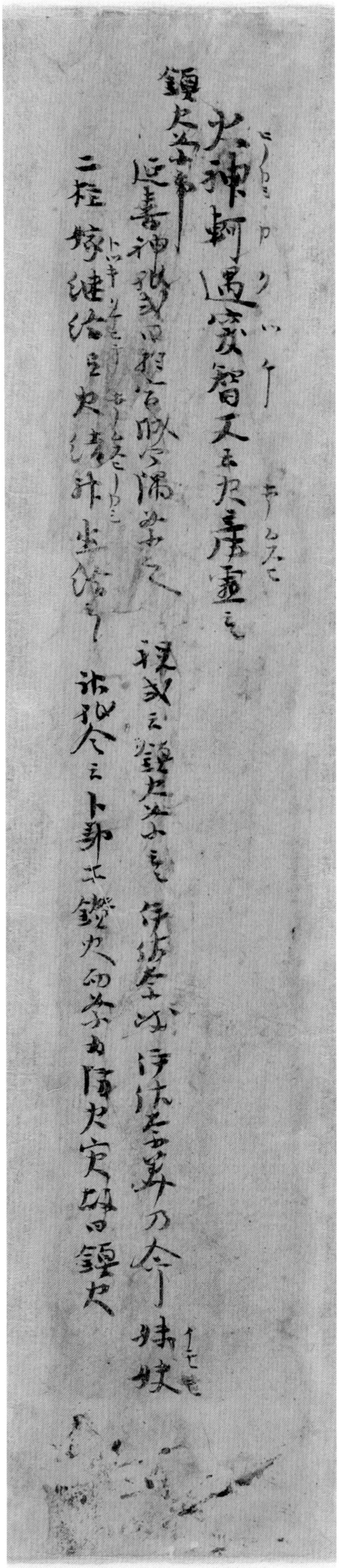

裏6（41）

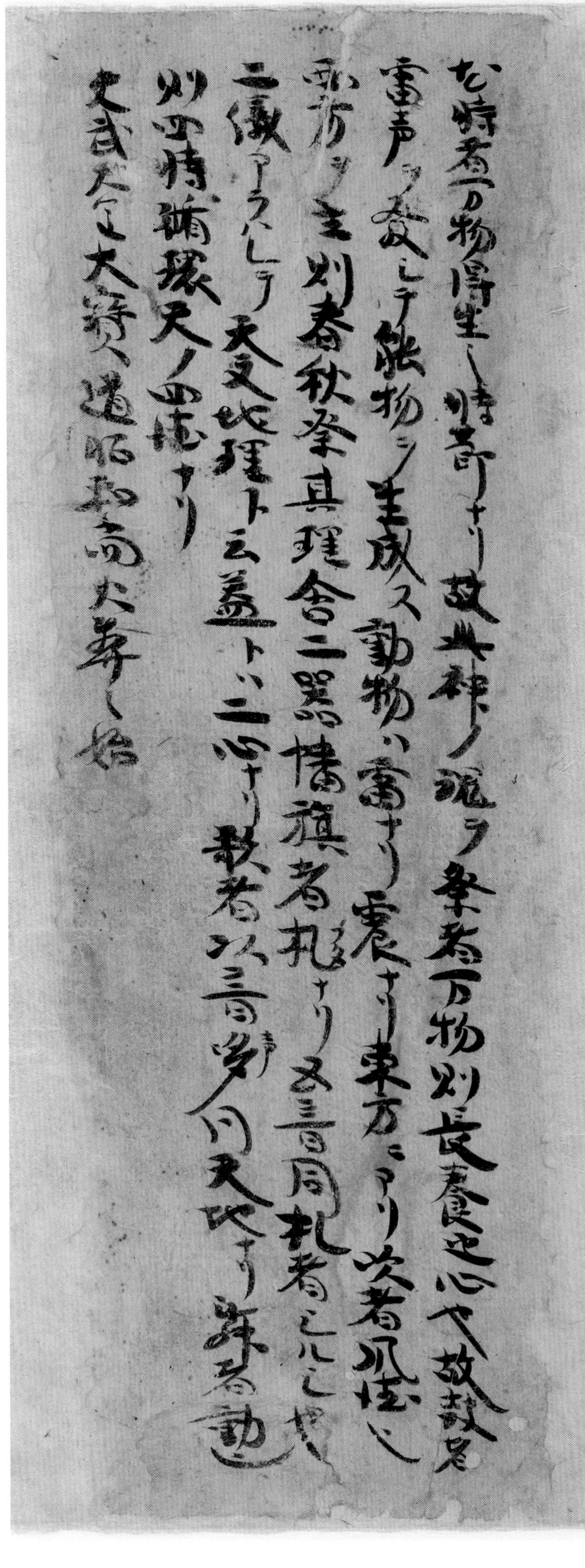
也時蓋万物得生之時節ナリ故此神ノ號ヲ象ル者万物別長養之心也故哉罠
雷声ヲ發シテ能物ヲ生成ス動物ハ震ナリ震ナリ東方ニアリ次者風伯之
雨師ノ主別春秋冬其理含二異情旗者執ナリ又言周執者己几也
二儀アラハシテ天文地理ト云蓋トハ二心ナリ故者以言歸同天地ナリ并者動
別其特循環天ノ四徳ナリ
史武天皇大寶ノ道昭和尚火葬之始

裏7（44）

澤女者露之災神得復氣不顯故タ　河秋又出從之節露ノ住ス盛物之精
吮ア骨水ニ極ハ極ハ物ハ変之聚物ハ散ス

裏8（47）

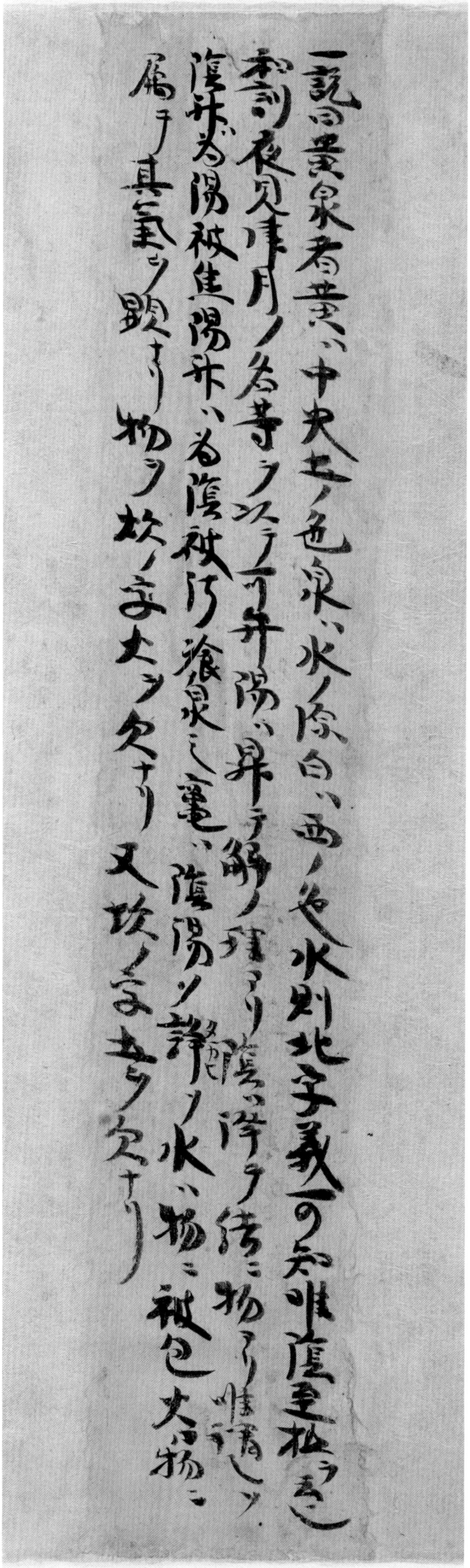
一説曰黄泉者黄ハ中央土ノ色泉ハ水ノ陰白ハ西ノ色水則北子義一の字唯陰運極ヲ表之
秘訓夜見津月ノ名寺ヲ以テ弁陽ハ昇テ解ノ理アリ陰ハ降テ結ニ物アリ唯隔シヲ
陰并為陽被進陽并ハ為陰被行流泉之亀ハ陰陽ノ静ノ水ハ物ニ被包大物ニ
属テ其気ヲ躰ナリ物ヲ於ノ字大ヲ久ナリ又坂ノ字土ヲ反ナリ

裏9（50）

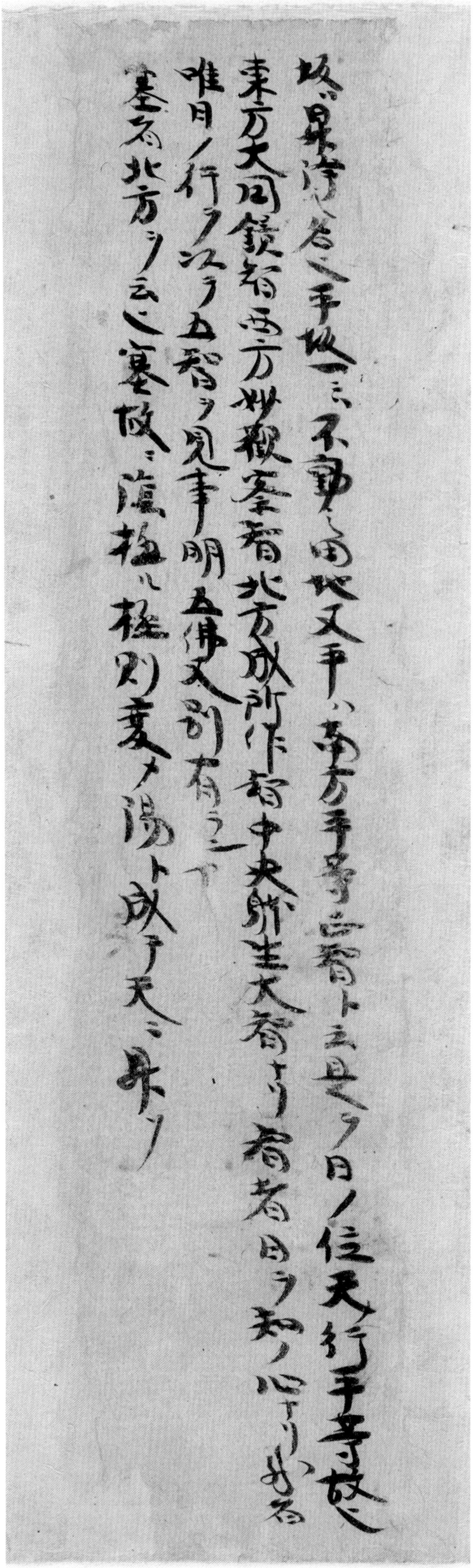
坂ハ泉津ヘ名ヘ手坂ニ云不動ノ田地又平ハ南方平等智ト云是ヲ日ノ位天行平等故之
東方大円鏡智西方妙観察智北方成所作智中央所生大智ナリ智者日ヲ知ノ心ナリ又名
唯月ノ行ヲ以テ五智ヲ見事明五佛文別有之
塞為北方ヲ以テ云之塞坂ニ陰極ル極則変メ陽ト成テ天ニ昇ノ

裏10（51）

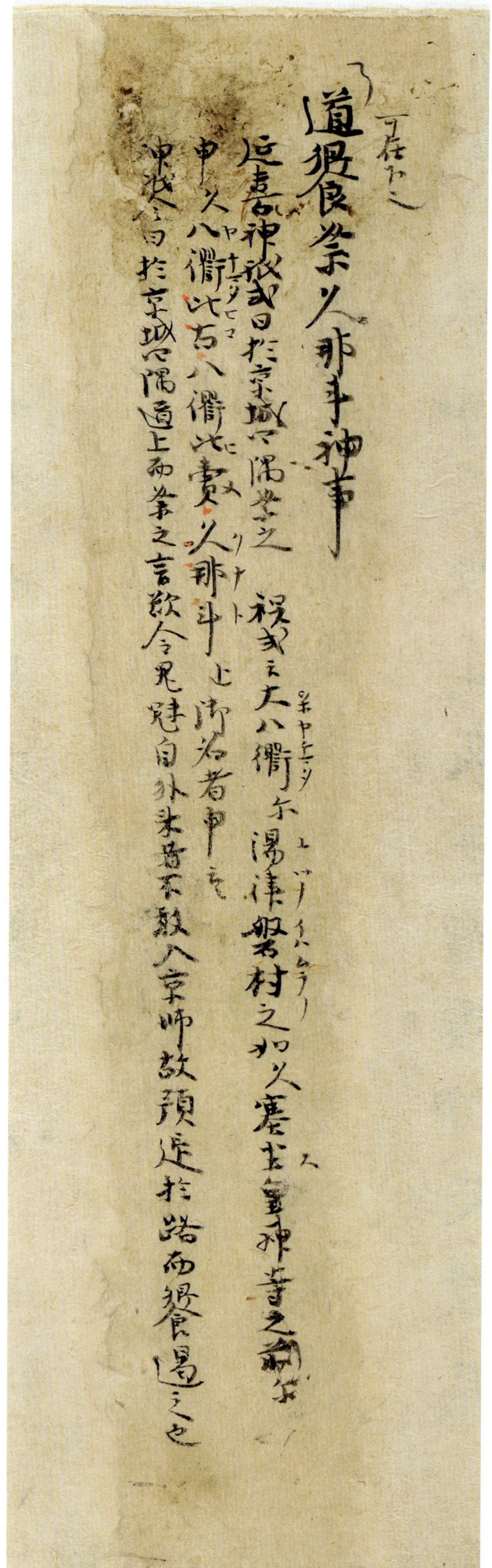
可在下之
道饗祭久那斗神事
延喜神祇式曰於京城四隅祭之　祝詞云大八衢尓湯津磐村之如久塞坐皇神等之前尓
申久八衢比古八衢比賣久那斗止御名者申弖
神祇令曰於京城四隅道上而祭之言欲令鬼魅自外来者不敢入京師故預迎於路而饗遏之也

裏11（55）

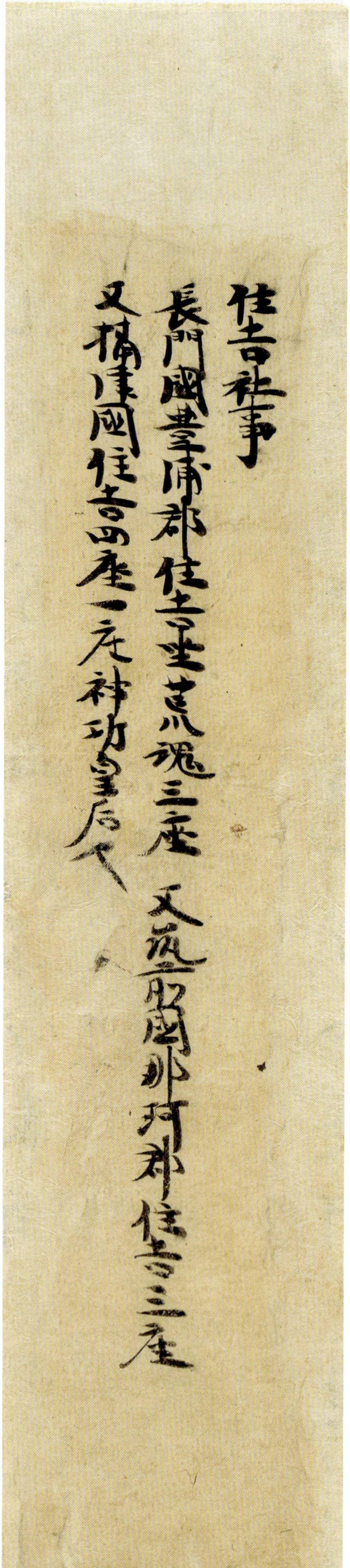
住吉社事
長門國豊浦郡住吉坐荒魂三座　又筑前國那珂郡住吉三座
又摂津國住吉四座一座神功皇后也

裏12（55）

三少童神
筑前国糟屋郡志加海神社三座

裏13（71）

一日夜トハ昼ヨリ日月相並テ天ニノミ在ス故ニ合メ不相離ミ〻時ハ生成不相違也
一日一夜滿離者晦ヨリ境ヲ云朔ヨリ次第ニ隔テ遠去ル又望ヨリ漸ク近成テ
一月一度會ス　一説云晦日ハ日月會同宮ニ在ス晦ノ前後ヲ又テ一日一夜ト云ヘ
次ノ説ニ先是ハ日月同宿時望ハ十五夜月宮殿ヲ出テ別宮ニ在ス則一日一夜ト云一書
一夜ハ十五夜ノ分別ノ義ヲ云ノ
前説ニ一日者十五夜望ヲ云其所円相如日故ニ一夜者晦日ヲ云其所陰闇義也
故之最為善説

裏14（74）

廿五卅才二説中取軻遇突智娶埴山姫生稚産霊此神頭上生蚕与桑
臍中生五穀〻〻 尺曰稚産霊ト保食ト同躰異名歟於旧事紀云保食持神
者神皇産霊尊子〻〻 御食持者保食同名ニ非又稚産霊ハ大神ト土神
ノ生スル子〻〻 故且之相違カリ 保食ハ非稚産霊 廿一書ハ霊ノ五穀種子ナシ
生ス〻〻上ハ実尊ノ化生ナリ其ハ五穀ノ精神ノ生ト習〻

裏15（77）

駘（タイ）もとし 騊（タウ）ノ馬

裏16（77）

裏17（82）

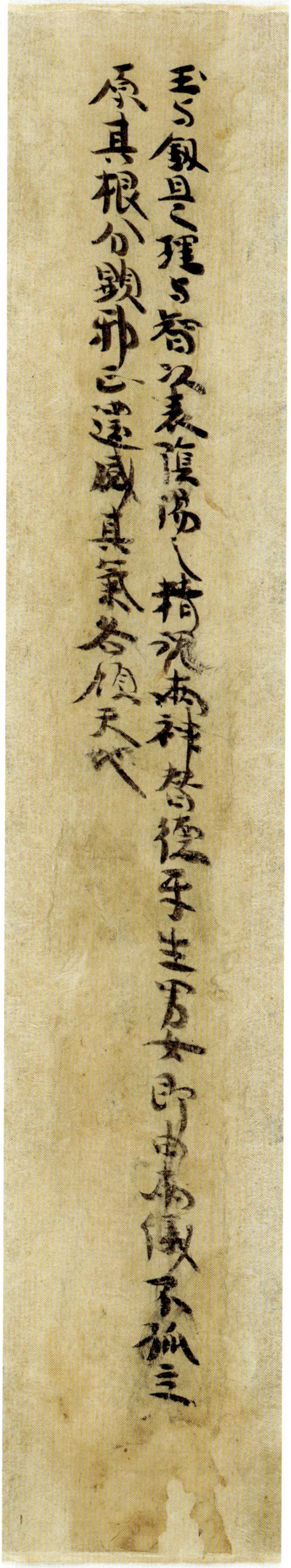

裏18（90）

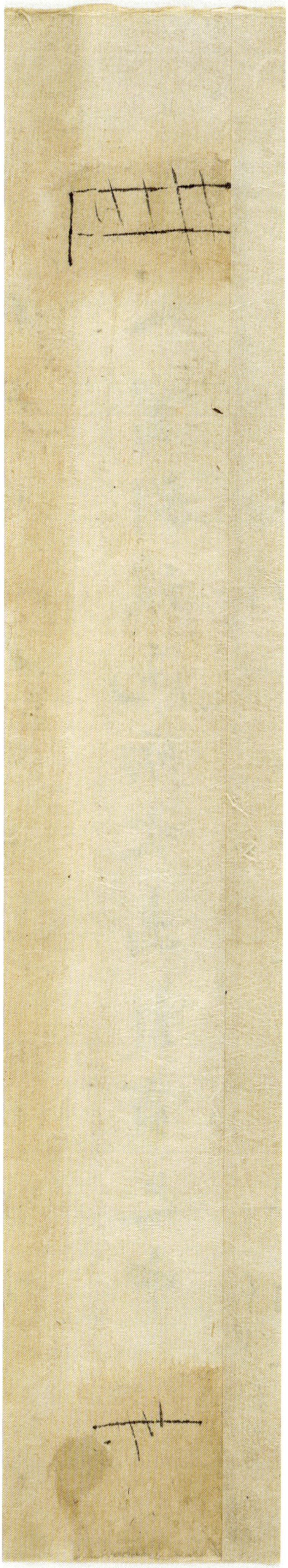

裏19（97）

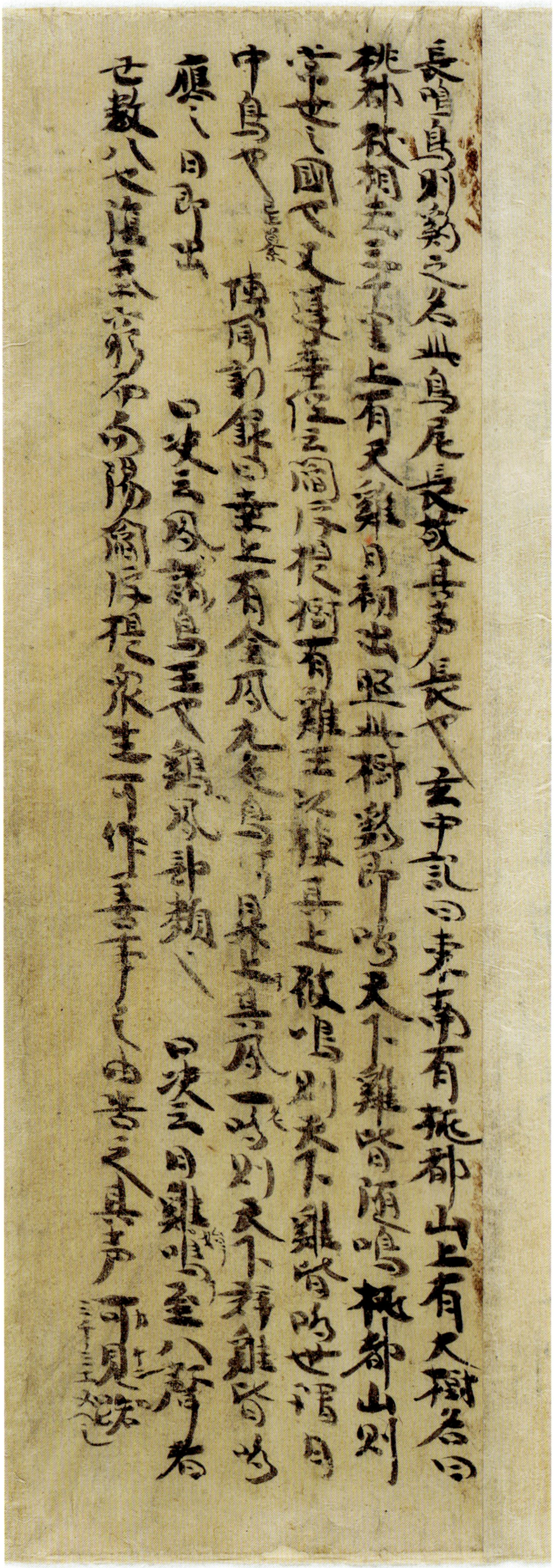

裏20（100）

裏21（105）

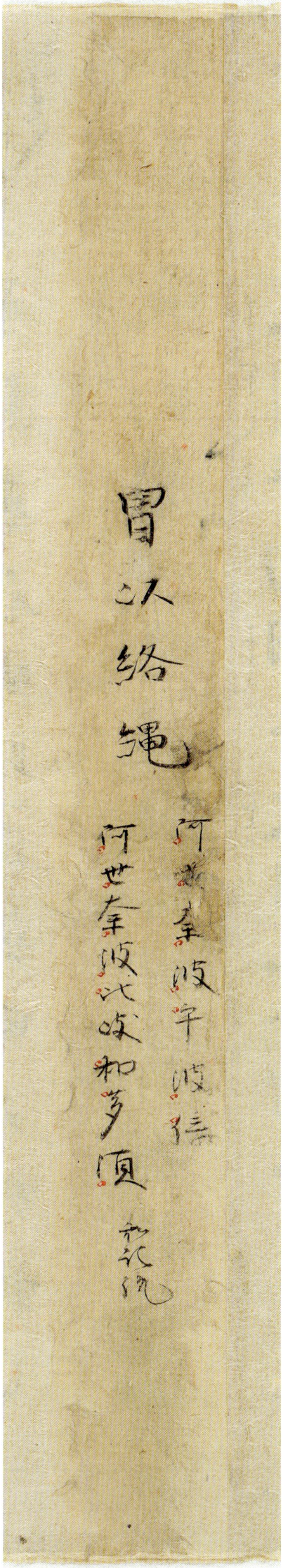

裏22（108）

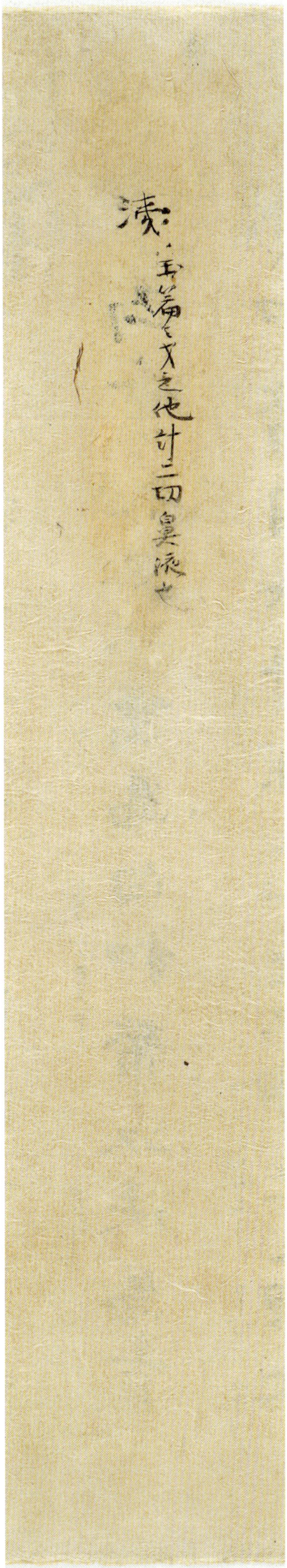

裏23（110）

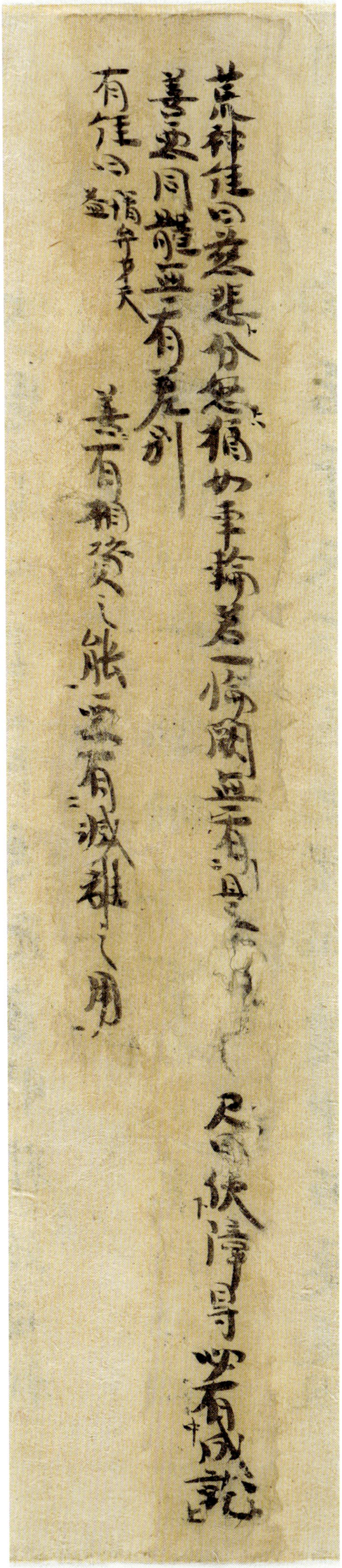

裏24（111）

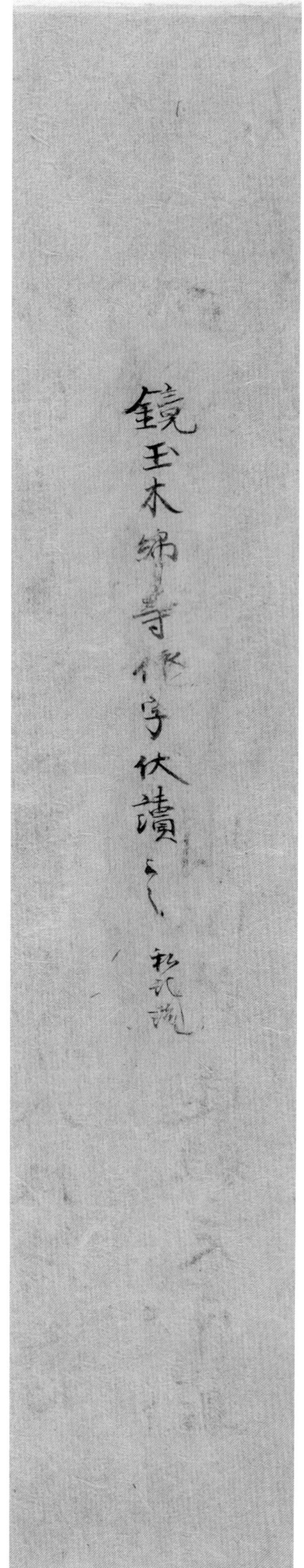
鏡玉木綿等作字伏讀之々
私記說

裏25（117）

琀々辛

裏26（123）

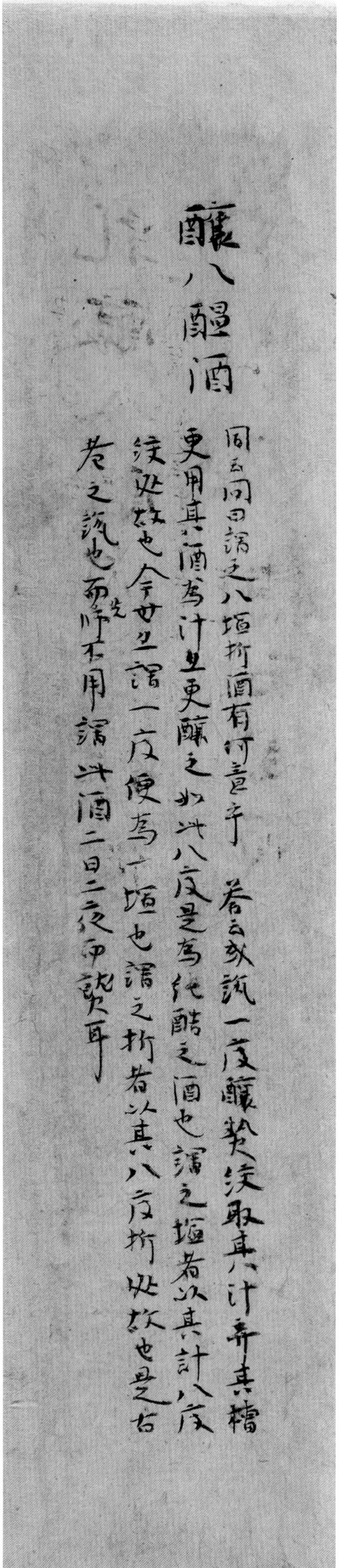
釀八醞酒
問云問曰謂之八塩折酒有何意乎　答云或説一度釀熟後取其汁弃其糟
更用其酒爲汁旦更釀之如此八度是爲純酷之酒也謂之塩者以其計八度
絞処故也今世旦謂一度便爲汁塩也謂之折者以其八度折処故也是之古
老之説也而先師不用謂此酒二日二夜而熟耳

裏27（123）

赤酸醤

公望私記云 問曰是何物乎 答曰其色如赤血也 其目耀赫猶如赤血也欤
言赤血便假云赤酸醤也 是俗ゝ酸漿者也 其色赤赫然 故假為之 其本意
是赤血也

裏28（124）

寸斬

師説 此虵斬為八段 即毎段成雷 惣為
八雷飛躍昇天 是神異之甚也

裏29（125）

清地

弌云素戔嗚 今案舊事本紀第四云ゝ 地祇本紀 素戔烏尊行覓將婚之處 遂
到出雲之清地 乃詔曰 吾心清ゝ之 於彼處建宮之時 自其地雲立騰矣 因作御歌曰云ゝ

裏30（125）

丶卅今呼其地曰清

師説此文當康文先師讀傳皆如也
而今本在注者是墨本之旁也

裏31（126）

古今集序又カタノアヤノ手ハ五十余万年ト抜扶下照姫ハ大巳貴ノ子ナリ又天照治天卅
万歳治天廾五万年次ニ勘し

裏32（126）

稲田ノ名ヨリ始ヲ宮主ト云宮主元名奇主ナリ百六十来直二町奈官ハ奇伯祭
ニツ宣任ノ下ヤ

裏33（127）

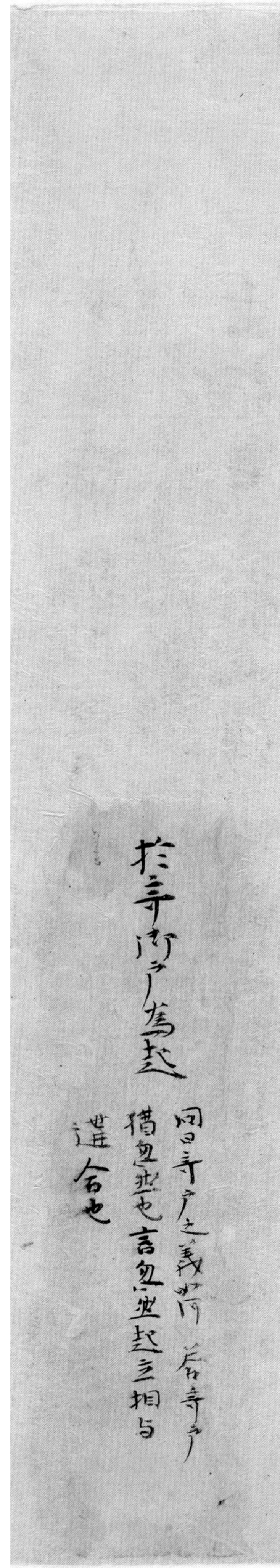

裏34（129）

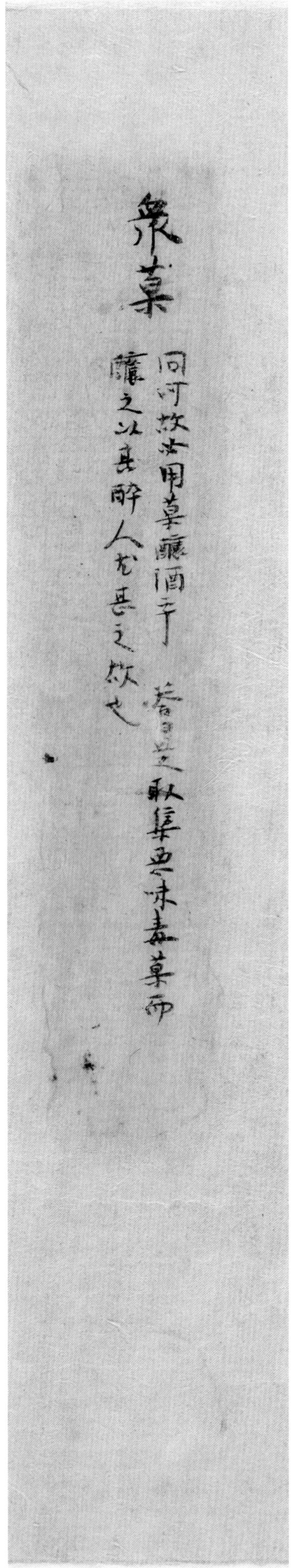

裏35（130）

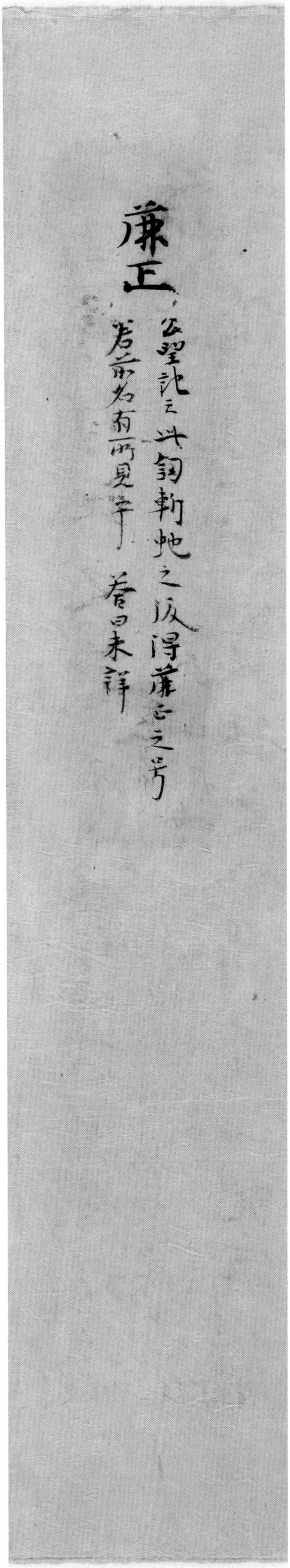

裏36（132）

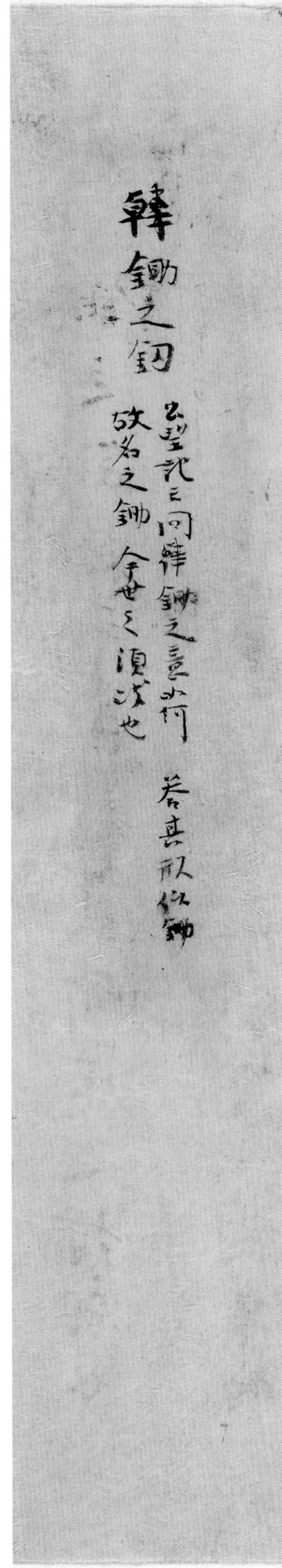

裏37（133）

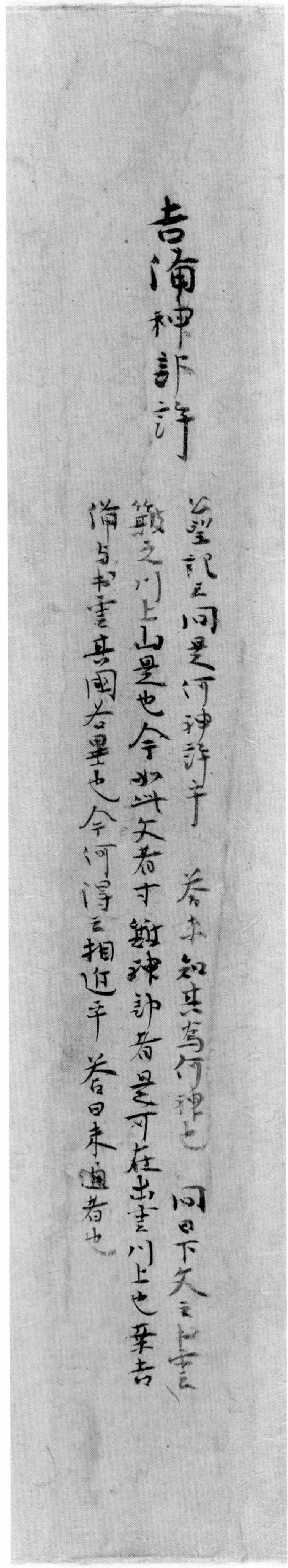

裏38（134）

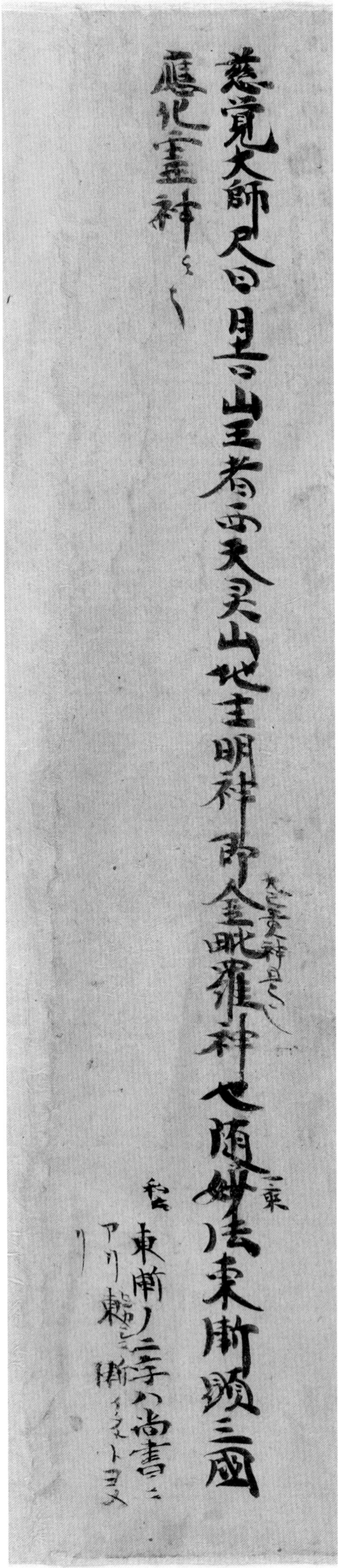

裏39（134）

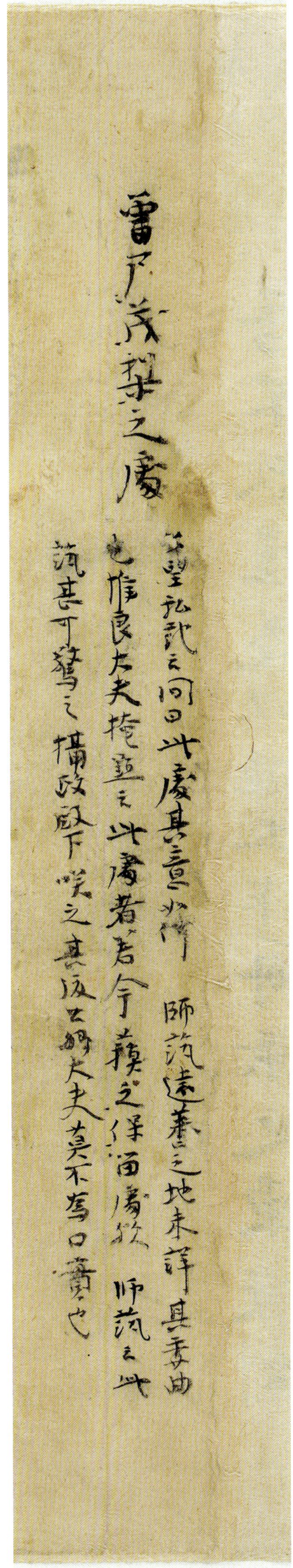
曽尸茂梨之處
公望私記云、問曰、此處其名如何。師說、遠蕃之地未詳、其号由
也。唯良大夫擬之、此處者、若今蘇之保留處歟。師說之此
說甚可驚之。播磨殿下咲之、其後諸大夫莫不爲口實也

裏40（134）

蠅斫釼
公望私記云、師說、此釼尤利釼也。若居其刃
上者、即其蠅自斫。此說釼鋒之甚也

山家大師云　吾日本國雖遠隔中天之聖跡離西漢之靈域正當南浮之
丑寅自為東隅之神國已上
蘇悉地大師云　三塔三神同盛金輪教法感應之地流住善男中國現
三聖靈神為一乘鎮守已上
智證大師釋曰　昔傳教大師啟弘円宗佛法於叡山之時請金峯山峯
請円宗守護神権現託宣曰吾非大乘鎮護之器量可祈三輪明神
大師得冥感帰叡山即輪鐶随来留叡山東麓垂靈以奉崇敬神
今三聖神也已上
大師指三塔社祈請之時金色輪鐶三現大師頂上

裏42（137）

将卧之具

公望私記云問是何物耶　答是作棺也

死人卧具　故云将卧耳

裏43（138）

日吉七社者主代名也

裏44（139）

虫魚之異

公望私記云問此等字異為何乎　答田災之類甚多

如則蝗虫害苗之類也

裏45（142）

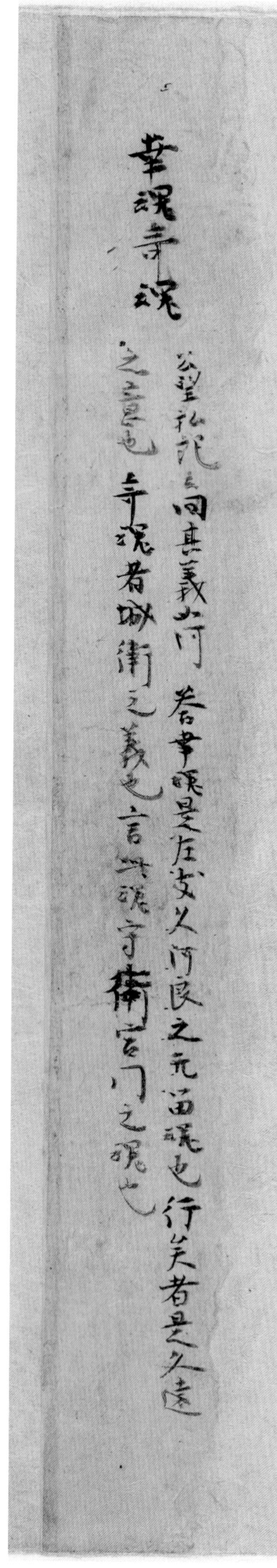

華渓寺渓

公望私記云同其義如何　答事跡是左女父何良之元由渓也　行矣者是久遠之意也　寺渓者城衛之義也言此渓守衛宮門之頑也

裏46（143）

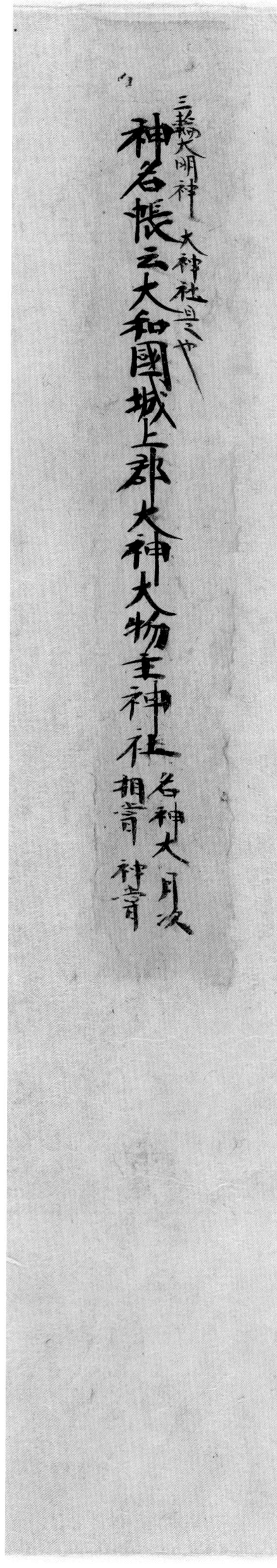

三輪大明神　大神社是也

神名帳云大和国城上郡大神大物主神社　名神大　月次　相嘗　新嘗

裏47（143）

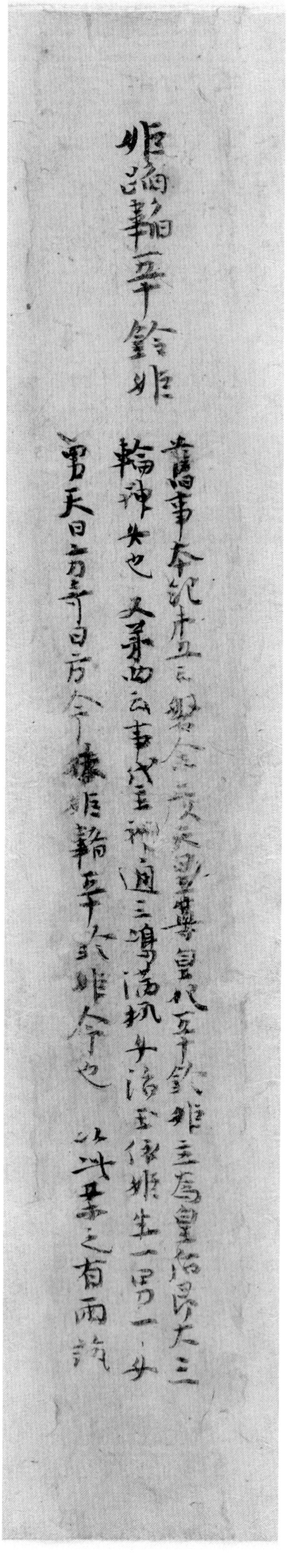

姫蹈鞴五十鈴姫

舊事本紀十五云磐余彦天皇尊皇代五十鈴姫立為皇后即大三輪神女也　又第四云事代主神通三嶋溝杭女活玉依姫生一男一女　男天日方奇日方命媛蹈鞴五十鈴姫命也

以此案之有両説

裏48（144）

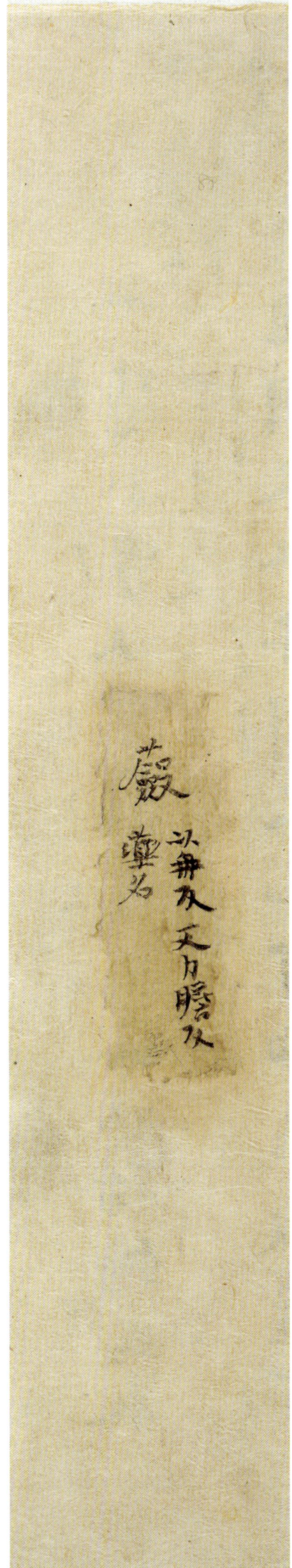

継目裏書（継紙第2－3紙）

新天理図書館善本叢書 第2巻 日本書紀 乾元本 一

2015年4月24日 初版発行

定価(本体29,000円+税)

編集 天理大学附属 天理図書館
代表 諸井慶一郎
〒632-8577 奈良県天理市杣之内町1050

刊行 (学)天理大学出版部
代表 東井光則

製作 株式会社 八木書店古書出版部
代表 八木乾二
〒101-0052 東京都千代田区神田小川町3-8
電話 03-3291-2969(編集) -6300(FAX)

発売 株式会社 八木書店
〒101-0052 東京都千代田区神田小川町3-8
電話 03-3291-2961(営業) -6300(FAX)
http://www.books-yagi.co.jp/pub/
E-mail pub@books-yagi.co.jp

製版・印刷 天理時報社
製本 博勝堂

ISBN978-4-8406-9552-7 第1期第1回配本